密勒日巴

神祕苦行僧

高僧小說系列｜精選

劉台痕　著◆劉建志　繪

智慧與慈悲的分享

聖嚴法師

小說，是通過文學的筆觸，以說故事的方式，表現人性之美，所以稱爲文藝作品。它可以是寫實的，也可以是虛構的，但它必定是與人心相應，才會獲得讀者的喜愛與共鳴。

高僧的傳記，是眞有其人、實有其事的眞實故事，也是通過文字的技巧，以敍述介紹的方式，將高僧的行誼，呈現在讀者的眼前，也是屬於文學類的作品，只是缺少小說那樣戲劇性的氣氛。

高僧的傳記，以現代人白話文體，加上小說的表現手法，那就顯得特別生動而富於趣味化了。我從小喜歡文學作品的原因，是佩服它有高度的說服力，並且能使讀者印象深刻，歷久不忘，並且認爲高深的佛法，經過文學的表現，就能普及民間，深入民心，達成化世導俗的效果。我們發現諸多佛經的體裁，是用小品散文、長短篇小說，以及長短篇的詩偈寫成的。

近代已有人用白話文翻譯佛經，也有人以語體文重寫高僧傳記，但尚未有人以小說及童話的方式來重寫高僧傳記。故在《大藏經》中雖藏有極豐富的歷代高僧傳記資料，市面上卻很難見到。我們的法鼓文化事業股份有限公司，爲了使得故典的原文很容易地被現代的讀者接受，尤其容易讓青少年們喜愛，而從高僧傳記之中，分享到他們的智慧及慈悲，所以經過兩年多的策畫運作，推出一套「高僧小說系列」的叢書，選出四十位高僧的傳記，邀請到當代老、中、青三代的兒童文學作家群，根據史傳資料，用他們的生花妙筆、豐富的感情、敏銳的想像，加上電影蒙太奇的剪接技巧，以現代小說的形式，生動活潑地呈現到讀者的面前。這使得歷史上的高僧群，都回到我們現代人的生活中來，陪伴著我們，給我們智慧，給我們安慰，給我們健康，給我們平安。

這套叢書的主要對象是青少年，但它是屬於一切人的，是超越於年齡層次的佛教讀物。

我要在此感謝參與這套叢書編寫出版的全體工作人員，包括編者、作者、畫家、審核者、校對者、發行者，由於他們的努力，才能有這項成果奉獻在廣大的讀者之前。也請諸方先進和所有的讀者，多給我們鼓勵和指教。

一九九五年四月八日晨
序於台北法鼓山農禪寺

推薦序

人生要通往哪裡？

蔡志忠

「只有死掉的魚，才隨波逐流！」

人生是件簡單的事，是我們自己把它弄得很複雜的。

魚從來都不思考：

「水是什麼？

水爲何要流？

水爲何不流？」

這些無謂的問題。

魚只有一個最簡單的問題：

「我要不要游？
如何游？
游到哪裡？
游到那裡做什麼？」
人常自陷於無明的憂鬱深淵，無法跳脫出來。
人也常走進一條沒有出口的道路，
才發現原來這根本不是自己的人生之道。
兩千五百年前，佛陀原本也自陷於
人生的痛苦深淵……，經過六年的
修行思考，佛陀終於覺悟出：
「什麼是苦？
苦形成的次第過程？
如何消滅苦？
通往無苦的解脫自在之道。」

這也就是苦生、苦滅，一切因緣生的「三法印」、「緣起法」、「四聖諦」、「八正道」，所有攸關於人產生煩惱痛苦的原因和達到解脫、自在、清淨境界、彼岸之道的修行方法。

佛陀在世時，傳法四十五年，佛滅度後，佛陀的思想由他的弟子們傳承到後世，成爲今天的佛教。在佛教的發展過程中，留下了許多動人的高僧故事。

除了《景德傳燈錄》記載著所有禪宗各支歷代高僧學佛得道的故事之外，《大藏經》五十卷的〈高僧傳〉、〈續高僧傳〉裡也記載很多歷代大師傳記典故；此外，還有印度、西藏、日本等地大師的故事。通過閱讀過去大德諸賢的故事，可以讓我們對人生的迷惘問題得到啓發。

胡適說：

「宗教要傳播得遠，

佛理要說得明白清楚，

都不能不靠白話來推廣。」

這套高僧小說也繼承這使命，以小說的方式講述高僧的故事。讓讀者能透過這些歷代高僧的故事，得以啓發人生大道。相信做爲一個中華民族的後代，身在儒、釋、道思想的傳統文化背景下，如能透過高僧小說多了解佛教思想，對自己未來人生之路的導引和思考，必定能獲得很大的益助。

嘗盡人生百味

從來沒看過修行者有這麼戲劇化的遭遇，密勒日巴尊者的一生可說是「嘗盡人生百味」，而且還是味道中最濃烈、最難以承受的。

尊者一直說：他是平凡人。這句話在鼓勵我們，只要有心，誰都可以成佛。

寫本書時，常被尊者的行誼所感動，舉筆許久無法寫成一個字，因爲尊者實在太苦、太偉大了。所以，在情節的處理上，我選擇較輕快的筆調，把尊者遊戲人間的心情詮釋出來。

爲何說尊者「遊戲人間」呢？他涅槃時留下的遺物，包括一把刀子和一塊糖、磨刀石、錐子。這些全用棉布包起來，在刀柄上他刻下的遺言中最後一句話是：「如果有人說密勒日巴有金子，那人就應該吃糞。」

宗教是嚴肅的，文學是優美的，宗教和文學的結合可以昇華人的靈魂，藉著文學來了解宗教的確十分恰當。還記得初皈依佛教時，師父上月下基上人就以：《弘一大師傳》、《影塵回憶錄》、《空虛的雲》……帶領我，讓我深深喜愛這個具大智慧的崇高哲學信仰。如今，我也能寫出這本高僧小說，應是報答師父的最佳禮物了。

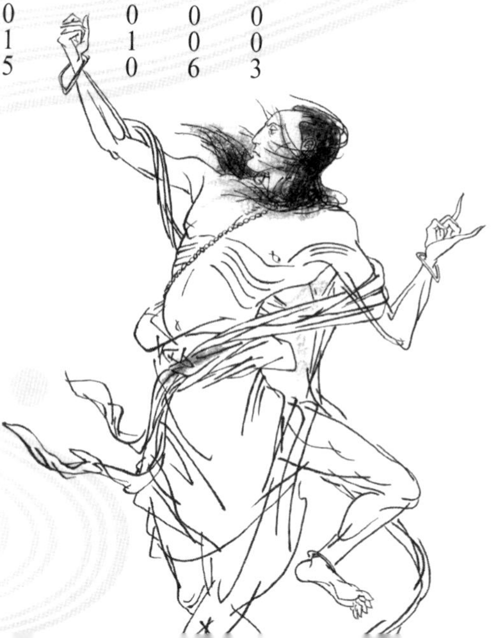

01

神祕的時光怪石

夏日，天空藍得似乎可以滴出一握清泉，潔白的雲絮靜靜佇立在這片碧藍中。高聳的椰樹林展開了如穗的大葉片，穩穩地撐起它頭上的青天白雲。緊偎著椰林有座莊嚴的寺廟，午後的陽光把整座廟宇鑲上耀眼的金粉屑兒。

宏偉的大殿安靜極了，裡面除了佛像和法器之外，半個人影也沒有。微風梭巡過寺廟的每個角落，輕輕喚醒靜息中的出家人和短期出家的小沙彌。

下午的課是禪坐練習，小沙彌們魚貫走進大殿等待師父上課。天氣很熱，汗水順著頭頸滑下來，漸漸浸濕了大半截灰色的衣領，在這節骨眼上，等待可真是件苦差事。

「師父怎麼還不來？」淨勇，一個結實的小男孩不安地扭動脖子問著。

「大概還在睡覺吧？」淨仁在一旁眨著頑皮的眼睛，歪著腦袋輕笑著回答。

「唉！八成是被你們兩個氣壞了，不想上課了呢！」淨智是孩子們當中個子最高的，他撇撇嘴擺出一副萬事通的模樣。

「才不呢！師父是被你——」淨勇開口反駁。

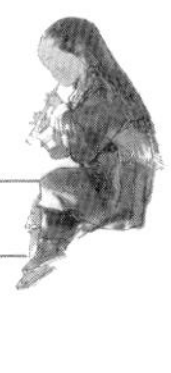

「噓——你們三位小菩薩，不要講話。」旁邊的小師父站起身制止他們。每次都是這樣，淨勇闔上嘴巴，心裡可嘀咕得緊，不說話就不說話嘛！又過了一陣子，師父他老人家還是沒有出現，淨勇已經坐得不耐煩了，他推推身邊的淨仁。

「喂！你看！淨智的嘴角有醬油。」

「哪有？」淨仁努力探出身子，用心搜索淨智的臉孔。

「看什麼！」淨智可不想當動物園裡的猴子，他惡狠狠地輕吼著。

「哈！有醬油。真的有！」淨仁發現新大陸，高興得笑起來，一面猛拍淨勇的大腿。

「沒洗臉！沒擦嘴！大花臉！」淨勇可得意了。

附近的小沙彌們紛紛回頭看著他們，有人笑起來，有的則極力想看清淨智的大花臉，淨智急得忙用衣角擦拭自己的下巴。

「怎麼鬧成這樣？」師父老人家威嚴的聲音從大殿門後傳來。

所有的小沙彌立刻端肅儀容，正經八百的盤膝而坐，可是，輕笑聲仍不斷

傳來。

「大心法師！怎麼不管管他們？」師父老人家飄飄然來到大殿中央，他的聲音透出無比的嚴厲。

「師父，弟子……。」大心法師望望這群既搗蛋卻又很可愛的孩子們，不知該怎麼說才好。

「是誰帶頭吵的？」沒人敢哼一聲。

「淨勇！淨仁！淨智！」師父老人家雙眼掃過大家，他立刻點出了罪魁禍首。

「到大殿外站二十分鐘。」

午後的陽光亮晃晃的，照在地上反射出刺眼的光線。三個人站在大殿門外，三雙眼全擠成酸梅了，真倒楣呀！

「嗨！你們過來！」大心法師在大殿旁輕輕招呼著。

三個百般無聊的孩子，拖著沉重的腳步慢慢走向大心法師。轉頭看，大殿裡師父仍舊像座山似地靜坐在一群小菩薩面前，所有的人都靜極了。

「跟我來！」大心法師說著就急步往圖書室的方向走，三個人立刻跟上他。不消片刻，大家已進入擺滿各式佛教書籍的寶庫裡。

「大心法師，我們只要看書，不要寫心得報告哦！」一手抽出故事集的淨勇，真是滿心歡喜。哈！賺到了！

「不不不！淨勇你先把書放下。今天，我們到這裡來不是要讓你們看書的，大心法師告訴你們啊！那裡頭有個寶貝。」大心法師邊說著，手邊指指圖書室旁的一個小門。

寶貝？三個孩子不覺眼睛一亮。

「什麼寶貝？」不約而同的問話由大家口中衝出來。

「跟我來！」大心法師神祕兮兮地朝孩子們眨眨眼，然後從口袋中掏出一串鑰匙。

「這裡面藏著師父的師父的師父的師父……。唉！說不清楚啦，反正這寶貝歷史久遠，價值連城哦！」

天啊！價值連城，大心法師為什麼只給我們這三個小搗蛋看呢？難道——

有什麼計謀嗎？淨智心中暗想。

「大心法師，其他同學有沒有看過啊？」淨仁倒先提出這個有意思的問題。

「大家輪流看，輪流看。瞧！房間這麼小，也擠不下那麼多人啊！」大心法師說著，「啪！」地一聲，門開了。

三個孩子迫不及待地伸頭往裡瞧，這真是個小房間啊！大概只能容得下五、六個人吧！因為房間裡有一列玻璃書櫃，它占據了三分之一的面積。嗯！寶貝八成就在裡頭了。

「進來！快進來！」大心法師招呼他們，而自己早已經站在房間中央了。

喲！這麼多破破舊舊的東西啊！為啥像博物館一樣把它們保存得那麼周密？難道真的是古董嗎？淨勇摸著玻璃光滑冰冷的表面，心裡不由得猜測起來：這些古董又髒又醜，竟然會價值連城，法師的形容詞未免過火了點。

「大家面對著玻璃櫃坐下來。」大心法師說著，順手打開了玻璃櫃。

「這裡有個稀奇的東西，你們看看！」他說完話，就拿著小夾子從櫃裡夾出一片十分粗糙的灰布來。

「那是寶貝呀？」淨勇差點笑出來。

「是呀！是呀！我正要帶你們去找這件寶貝的主人。」

大心法師一本正經的口氣讓三個孩子覺得很詭異，也感到好奇，這片破布的主人是誰？為什麼大心法師還要用個水晶碟子盛著它？

「大心法師，它只是一片破布呀！它的主人想必是個乞丐吧！」淨勇指指那片經絡分明的小碎布瓣兒，語氣中明擺著帶了幾分不屑。

「哦！你太小看它了，它可是一位最偉大的密教修行者——密勒日巴尊者❶的遺物，世界上僅存這一點點了！」

「為什麼這位修行者會留下一片破布呢？」淨仁問。

「因為他修到某個程度後，把全身所有的東西全布施❷出來，這片破布是他最後的遺物。」

「一位得道高僧怎麼只有這樣微不足道的遺物呢？」淨智覺得真是不可思議。

「因為他是位腳踏實地、苦修而成的高僧，早把世俗的一切拋棄了。所以，他真的是身無長物。」

「哦！修行要是修成像密什麼巴尊者這樣，我打死也不修！」淨勇邊說邊搖頭。

「是呀，這有多痛苦啊！我也不要！」淨仁忙跟著附和。

「唉！你們兩個真是一點也不懂得聖人的心。人家早看破了世間的一切，一切全是空的、暫時的，沒有留戀的必要，所以他才這樣做啊！」淨智像開了竅似地說了一大串話。

「不錯，密勒日巴尊者真的是看破紅塵一切，捨所有依戀，苦修而得大成就❸。」

「世間很可愛，他怎捨得下？」淨勇問。

「可愛？我問你，生病可愛嗎？」生病？淨勇搖搖頭。

「不！不可愛！」

「考試可愛嗎？」

「不！更不可愛！」淨勇吐吐舌頭。

「吃東西可愛！」淨仁很有信心地接著說。

「我問你，淨仁，你吃東西的時候在哪裡感覺食物的美味？」

「嘴巴！」淨勇答得很快。

「過了嘴巴之後，你還能感覺食物的美味嗎？」

「這……不！好像不能。」淨勇和淨仁互望了一眼。

「那還可愛嗎？」

「……。」

喔！輸了！兩個孩子答不上腔了。

「想不想知道他是怎麼苦修的？」

「想！當然想，又有故事可以聽了！」三個孩子立刻歡呼起來，大心法師連忙要他們安靜。

「噓——別吵！你們想聽密勒日巴尊者的事我一定會講。不過，你們得做一些事，否則我就沒靈感，說不出來了！」大心法師攤開雙手，樣子挺無奈

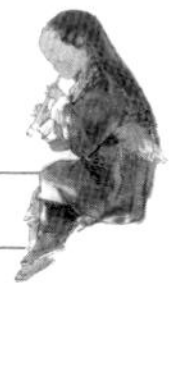

的。

「做什麼？做什麼？只要不回大殿打坐，我什麼都肯做。大心法師，你快說！」淨勇最怕打坐了，腿痠、腰痛的真折騰人啊！

「你們不用回大殿，我們坐這兒就行了，不過，要麻煩你們，坐姿稍微像打坐一樣。哦！還有，我這兒有一樣寶貝！」大心法師邊說著邊打開玻璃櫃最下面的大抽屜。

又是寶貝，三個孩子不覺掩嘴偷笑，大心法師說的寶貝在他們看來全跟破銅爛鐵相同。就在他們暗笑的時候，他們看見大心法師從抽屜中捧出一個奇形怪狀的石頭，在日光燈的照射下，石頭放射出淡紫色的光澤來。

「這是什麼？紫水晶嗎？」淨智脖子上正掛著一顆晶瑩剔透的白水晶墜子。

「不！不！它是時光怪石。」大心法師就著燈光，細心地用絨布擦拭它。

「時光怪石？」三個孩子不約而同地叫起來。

「是的，可以帶你們遨遊過去世的寶貝。」

天哪！世界上竟然真有這種寶貝。

「來！大家圍坐一圈，把雙腿盤好，雙眼集中，注意看石頭上那個光點，心中默念著：密勒日巴尊者、密勒日巴尊者，懂嗎？」大心法師把時光怪石放在大家的中間，用一張小茶几墊著它。

「這石頭管用嗎？它要帶我們去哪裡？」淨仁很好奇。

「等一下就知道它的威力了，現在我們當然先去拜訪密勒日巴尊者啦！大家坐好！」

三個小孩、一個大人靜坐在蒲團上。過了不久，大家似乎覺得有些暈眩，漸漸地，天色暗了，暗到只剩茶几上那塊時光怪石……。

「啊！有鬼！」尖叫聲打淨勇口中喊出。

鬼啊！有鬼！媽呀！鬼真的出現了！他渾身披著糾結如亂麻的長髮，濃綠的皮膚像年久生了青苔的石塊，一雙凹陷的眼睛放出如電的炬光，正盤腿端坐石洞中的平台上，他身邊竟有個人也尖叫著鬼呀、鬼的。

「鬼呀！我們快走吧！」淨勇發出怕怕的聲音。

「他不是鬼，他就是偉大的密勒日巴尊者。」啊！說話的聲音居然是師父老人家。

「師父！師父！」淨智輕呼著。

「不要說話！注意看！」師父安詳而威嚴地回答。

＊　＊　＊

「鬼！鬼呀！」在洞中的人怪叫著轉頭就跑，跑出這座黑漆漆的山洞。

「騙人，大白天怎麼有鬼，我去看看！」洞外膽大的人說。

「哇！我的媽呀！眞是活見鬼囉！快走！快走！」

「我不是鬼，我是一個瑜伽行者！修禪定的出家人。」

「什麼？他會說話？是人吔。喂！你怎麼變成這樣？」

好奇的人漸漸湧進來了，尊者跟他們講了一些話，令這些人很感動，爲尊

者留下很多肉和糌粑❹，同時求尊者超度被他們所殺害的動物。原來他們是一群獵人，今天正巧路過尊者修行的山洞。尊者消除了他們的罪業之後，大眾禮拜尊者又談了些話才離開洞窟。

有了可吃的食物，尊者看起來非常高興，他煮了肉配著糌粑吃著。因為長久處於營養過度不良的狀況中，現在加了營養，身體似乎一下子硬朗起來。他慢慢地把食物收藏好，又再坐下。

✽ ✽ ✽

「師父！我們要看多久啊？」淨仁問。

「好吧！我們把時間推快一點。等會兒，你們將會看到像演電影一樣，要用心看啊！」師父回答的聲音有笑意。

✽ ✽ ✽

尊者省吃儉用，隔了段時間，沒吃完的肉上面長了蛆。肚子餓的時候，他想把蛆挑走，再把肉煮來吃。繼而又想，這肉是蛆的食物，怎可奪走眾生的食物呢？唉！命中註定只能吃洞外的蕁麻了。就這樣，他又過了兩年。

這是尊者閉關的第九年，西元一〇九四年，距他出生一〇五二年八月二十五日，尊者已經四十三歲了。這一年，他故鄉的人因為打獵而闖入山洞中。當然，大家都被他不成人形的相貌嚇壞了。這時有人從他的聲音裡，聽出他就是當年那個歌喉絕佳的小男孩聞喜，鄉親見面總有三分情，大夥兒紛紛探聽他的遭遇，為何他會變得這般落魄，真是天底下最最可憐的人了。

不過，尊者可不這樣想，他認為自己是天底下最幸運、人群裡最殊勝、眾生中最勇猛的大丈夫，他降伏了世間一切煩惱，成就了最大的功德，他快樂極了。說著說著，他忍不住唱了一首快樂修行歌給鄉親們聽。這些人，因為被俗事所矇蔽，無法體會尊者那空朗自在的心性，搖搖頭，摸著腦袋回家了。

＊　＊　＊

「師父！尊者有沒有家人？他為什麼一個人守在這個洞窟裡修行呢？」淨智非常好奇。

「他有家人，只不過，死的死，失散的失散。到你們現在看到為止，他連世上僅剩最親的妹妹也找不到。」

「啊！好可憐呀！」淨仁不禁脫口而出。

「不！現在的他一點也不可憐，可憐的倒是以前的他。我們再讓時光倒流一些！」師父輕輕地說。

「大家盡量不要發問，好看到尊者完整的少年生活吧！」

❖註釋❖

❶尊者：指具有很高的智慧與德行，而值得尊敬的人。

❷布施：用自己的財物、體力和智慧等去幫助別人，能累積功德，破除個人的吝嗇和貪心。

❸大成就：此指密勒日巴尊者獲得大智慧、大慈悲的成就。

❹糌粑：西藏人日常的主要食物。是一種以炒熟的青稞磨成的粗麵粉，以茶和酥油合拌而成的食品。

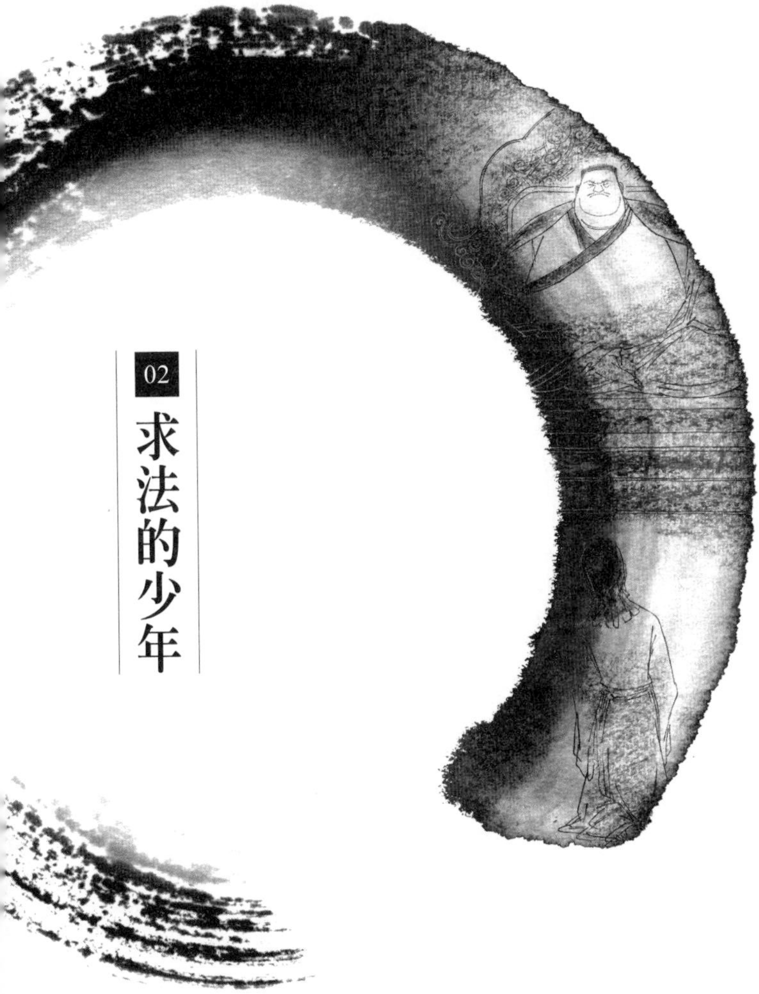

02 求法的少年

西藏，是山的家鄉。每座山都高達海拔四、五千公尺，皚皚白雪是黑色山嶺上唯一的裝飾，遠處那插天的高峰正是世界著名的聖母峰。三個孩子御風而行，匆匆趕上走在山谷小道的行人。

「師父！他是誰？」淨智問。

「密勒日巴尊者。」

「他要幹什麼？」

「他要拜師，修習正法。」

「啊？拜師得走那麼遠的路嗎？」淨勇忍不住叫起來。

「走路？走路算什麼！你們得看看，他是如何苦修的！」

「苦？我覺得只有打坐苦一點，修行並不苦。」

「孩子們，瞧！那一位就是密勒日巴尊者的師父，馬爾巴上師❶和他的妻子。」

不知怎的，他們竟飛過了頭，來到馬爾巴上師的家。

「馬爾巴上師，他好──」淨勇幾乎要笑起來了。

「噓！聽聽他們說的話，再看看他們做些什麼。」

＊　＊　＊

「上師啊！上師！我昨晚做了個奇妙的夢！」一位中年婦人，紅光滿面地朝馬爾巴頂禮，並且比手畫腳地訴說昨夜奇妙的夢境。

原來，昨晚有仙女來拜訪上師和他的妻子，她們帶了一座打造得很豪華、很精巧的琉璃塔。但塔頂上沾了灰塵，馬爾巴上師把寶塔洗乾淨，放在高高的山頂上。嘿！不得了，那清洗過的琉璃寶塔竟放射出比日月還耀眼的光芒來。而且，每道光芒中又化現寶塔，每座寶塔依舊放出大光明。剎那間，宇宙充滿無以計數的寶塔，它們在奪目的金光中閃閃生輝。

「嗯！你的夢境只是幻想罷了。別掛在心上，別掛在心上！」上師一向說話決不重複，今天怎麼多說了一次？

「替我準備耕田的工具，我要下田去。」

「喂！像您這麼一位有頭有臉的大上師卻要赤腳下田工作，會被人家笑死的，您隨便叫個弟子去就可以了。」

「順便替我準備一罈酒，我要招待今天來的小客人囉！」上師不理睬老婆的阻擋，取了工具和酒下田去。

馬爾巴上師到了田裡，先把酒缸埋在地下，用帽子蓋著，舉起鋤頭裝模作樣地鋤起地來。工作了一會兒，他就坐在田埂上，挖出酒罈子，輕啜著香醇的酒來。

尊者已事先向人打聽至尊馬爾巴大師的住處，眼看就快見到馬爾巴上師，奇的是，當地居然沒有一個人聽說過有馬爾巴這號大人物，等他走到一個十字路口時，遇見一個人，他再向那人打聽，那人回答他：

「馬爾巴？是有個叫這名字的人，可是，至尊馬爾巴大師，我從沒聽說過。你到對面去找找，應該可以找到馬爾巴的。」

尊者問不出個標準答案，他有些心焦，但，路已走到這裡了，沒有回頭的道理，他只得沿途再問。不久，他看到一群牧羊人，他急著再提出問題，其中有位可愛的小男孩，口齒清晰地回答他：

「嘿！你問的大概是我父親吧！他把家產賣光了，換成金子，到印度去住了好幾年。回來的時候帶了很多長長的書，父親說，那是尊貴的經書，是無價之寶！嗯！你問他在哪？告訴你呀！他向來不下田耕種的，今天不知怎麼回事，卻在那邊的田裡耕起地來了，你快去吧！」

尊者聽了孩子的話，增加了信心，但繼而又想，上師耕田？有可能嗎？正想著，猛然看到路旁田裡有個身材魁偉高大的喇嘛❷，他有雙能看透人心的炯炯大眼，正在那邊慢慢地鋤地。尊者一見他，心頭立刻湧上筆墨難以形容的愉悅，一把火在胸膛裡溫溫地燃燒起來，那宛若觸電的感覺讓他呆立在田壟上許久許久，好不容易才清醒過來，他走到那「農夫」面前問道：

「請問：有沒有一位印度那諾巴大師的徒弟，馬爾巴大師住在這裡？」

「你是誰？找他幹嘛？」這喇嘛一面回答，一面用他湛藍如水的雙目仔細打量面前的鄉下人。

「我是後藏上方的大罪人，聽說馬爾巴大師的功力很強，我要向他求法。」

「我認識他！這樣吧，你先幫我鋤好田，等一下我帶你去見他。」

喇嘛說完拿起蓋在帽子下面的酒，嘗了幾口，擦著嘴，露出一副陶醉的樣子。他喝過酒，放下酒罈拍拍屁股走了。聞喜忍不住酒香，等喇嘛一走，他毫不客氣地抓起酒罈，一口氣把酒全喝個精光。之後，他才用心地去翻動田裡的泥土。一會兒，在牧羊人群中的可愛小男孩跑來對他說：

「喂！上師叫你囉！」

「好！我把田鋤好了馬上去，只剩下一小部分了。」

尊者耕完這塊田，跟著小男孩一同去見馬爾巴上師。

天哪！眼前那位高壯男人，正坐在鋪有三層厚墊子的高座椅中，而座椅雕刻著象徵權威、勇猛的金牛和大鵬鳥圖案。

這不就是剛才在田壟上遇見的喇嘛嗎？尊者心中不免大吃一驚，這喇嘛可眞胖，整張椅子被他塞得滿滿的。圓鼓鼓的大肚皮像麵團似地黏在胸和腿之間，他會是令人敬仰的馬爾巴上師嗎？

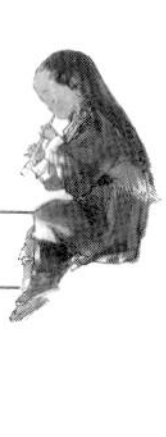

❖註釋❖

❶上師：西藏佛教對於德行高超，可以做為世人典範者之尊稱。

❷喇嘛：為藏語的音譯，是「上師」的意思。為西藏佛教對高僧的尊稱，漢族常把蒙、藏僧人統稱為喇嘛。

03

拜馬爾巴上師學法

「小子！我就是馬爾巴！你還不磕頭拜師嗎？」座上的上師笑著說。

尊者趕忙下跪叩頭向上師頂禮，並說：

「我是藏地來的大惡人，現在謹以我的身、口、意供養上師，請上師給我衣、食和正法，更請慈悲賜給我『即身成佛』❶的法門。」

在密宗裡，身、口、意的供養是最高供養，也就是此生完全都奉獻給上師，任由上師使喚、差遣。而且，供養的身、口、意一定要清淨、莊嚴，否則玷汙了上師，功德就沒有了。身，指的是我們的血肉之軀；口，指的是我們嘴裡所吐出的每個聲音；而意則包含任何一個念頭。尊者供養自己的身、口、意，也就是鐵了心腸跟定上師，絕對要修出一個成就來報答師父了。

「你說你是個大惡人，那是自己造的惡業，可不是我叫你去的。找我幫助你，這是你自己的事，與我何干呀！小子，你究竟是造了什麼可怕的惡業？說來聽聽！」

尊者一句也不敢遺漏，把先前所做的每件惡事都交代得明明白白，上師聽得津津有味。聽完後他說：

「原來是這樣呀！你把身、口、意都供養上師是應該的，可是，小子，你不能又要衣食、又要求法的，你只能選一樣。再說，我就是傳法給你，也不一定會讓你這一生成就的，這全要靠你自己精進努力呀！」

「我決定學法，至於衣食，我另外想辦法。」尊者下定決心不走了，他說完拿了本自己帶的經書到佛堂去。

「喂！小子，你的書拿到外面去讀，我的護法神聞到你邪書的氣味會被嗆傷到的！」

嚇！上師居然知道他手上的經書裡有不潔之物，尊者心中暗暗吃驚，這位喇嘛太厲害了。

上師雖說不供他吃住，但還是給了他一個房間。他在裡頭住了五天，縫好一個皮袋子，師母常做些好吃的食物偷偷送給他吃，待他如親生兒子。

爲了要實踐供養上師的諾言，尊者四處去討飯。他要來二十一升麥子，把其中的十四升買了個完美的方形大銅燈，用一升麥子買肉和酒，剩下的麥子便裝在皮袋子裡。他將這些東西綁好背在背上，等走回上師家的時候，他已經累翻了。他讓背上的東西重重地掉落在地上，這些重物把地皮都震動了。正在吃飯的上師怒沖沖地跑出來，他大吼：

「小子！你力氣真大啊！想弄垮房子把我壓死嗎？混蛋，快把這爛口袋拿開！」

話才吼完，一隻粗腿跟著踢上他的屁股，他只得把皮口袋拿到另一個地方。要命！這上師簡直比雷公還凶呢！往後可要小心應付了。縱然如此，尊者對上師卻沒有一絲一毫的不滿或有任何不好的念頭，他依舊照原先的計畫把銅燈供養上師。

上師拿著銅燈，閉目沉思了片刻，淚水竟流下來了，他滿懷感情地說：

「這個緣太好了！銅燈要供養大梵學者那諾巴上師。」上師雙手結印❷供養，又拿棍子輕敲銅燈，精緻的銅器發出堅實清脆的聲音來。

上師把燈拿到佛堂，在裡頭灌滿酥油，放進燈芯，把燈點燃起來。尊者看到上師如此珍愛他送的供養，心裡覺得極踏實。他想，該可以開口求法了吧！

「上師！求您傳我大法和口訣❸吧！」

「這——因爲各地要向我求法的人很多，但是蜀大和金巴這兩個地方，有人搶劫這些虔誠的信徒，不准他們供養我。現在，我要你在這兩個地方降冰雹，成功了，我就傳法！」

要降雹？密勒日巴快瘋了！好吧！爲了求法，就傷一次人命吧！他做了一回可怕的降雹法。之後，再回到上師那兒求法。

「什麼？你只不過是下了兩、三塊冰球，就想從我這兒學到我苦行修來的正法嗎？如果你眞有心，卡哇那裡的人曾經打過我的徒弟，跟我作對，你去放個厲害的誅法咒咒他們。等你成功了，我就傳你那諾巴上師即身成佛的大法。」上師又開出條件來了。

爲了求法，誅就誅吧！他結壇❹作法，眞的讓卡哇地區發生內亂，凡是和上師作對的人都被殺死了。上師看他的咒法果然有用，於是改口稱他爲「大力」，大力以爲上師很滿意他的表現，再向上師求法。

「啊！小子，你造了這麼大的罪，還想要我這不惜性命，用黃金供養上師換來的口訣和空行母❺的心要？我瘋了啊！今天要不是我還有兩把刷子，可以治得了你，以你善於咒術的工夫，我早死在你手上了。哼！現在，你要是能把那些你弄死的人變活，我就傳法了！不然，你得離開我家！」

把死人弄活？天下有這種事？大力失望透了，跑回住處大哭一場，師母趕過來安慰他。可是，安慰卻無法改變上師的心意啊！

隔天早上，大力懶懶地不想起床，而那喜怒無常、說話黃牛的師父卻走進屋裡跟他打商量。

「昨天，我說的話不太合情理，你別生氣啊！這樣吧，你身強力壯，我想找你建一間裝經書的堅固屋子，等屋子修好了，我傳法給你，你所需要的衣服、食物，我都會給你的，好嗎？」

「好是好。可是，如果我房子造了一半就死了，法沒求到，怎麼辦？」大力有些害怕。

「我保證，在你修房子的期間你不會死的，一個沒信心、沒勇氣的人，是修不成大法的。我的教派與眾不同，它具有諸佛菩薩的大加持力，要是你沒修到，啊！太可惜囉！」

上師的話讓大力欣喜若狂，蓋房子，小意思。他跳下床鋪，急急請師父把房子的圖樣交給他。

「我這屋子一定要建在一座險峻的山上，可是這個風水絕佳的聖地，我的族人們曾約好不可以蓋房子的。幸好那次會議，我沒參加、沒簽名，他們管不著我。大力，你就在那東方的山頭上建個圓形的屋子，好消消你的業障。」上師瞇著眼打量東方的山頭說。

「沒問題！」

大力一股作氣，把所有建材搬上東方的山頂，七手八腳地蓋起上師吩咐的圓形房屋來。那些建材全是大塊不規則的岩石，想要把它們一塊塊堆疊好，的確不是件容易的事。汗水點點滴滴從皮膚底下滲出來，它們成串成串地往下流，不消片刻就浸濕了他全身的衣裳。

就這樣，他辛苦工作了十來天，好不容易，圓屋漸漸成型了，大力只要再努力一下，上師立刻有棟新房子可放經書了。

「大力！大力！」不知何時，上師喘吁吁地上山來了。

「上師，您看看屋子快完工了。」大力得意地向上師展示自己的成品。

「不不不！大力，錯了！前些日子，我沒仔細想，東方對我並不好，你總不能在不利師父的地方蓋屋子加害師父吧！快！快拆掉它，把石頭運回山下。」

「什麼！要拆屋子？快蓋好了吔！」大力瞪大了眼，簡直不敢相信上師講的話。

「喂！看！看什麼？懶鬼！快拆，拆屋子呀！你這存心不良的臭小子，眞想害死我嗎？」上師說著順手捶了他一頓。

拆？拆就拆吧！大力含著淚，把堆砌好的石頭，一塊塊拆下來，再一塊塊搬下山去。山上又恢復了從前的清淨，大力坐在石頭堆上，心中若有所思，他眞弄不懂上師到底在想些什麼。

「喂！大力，你到西邊的山頂上蓋屋子吧！我帶你上去看看！」

上師笑容滿面地扯著大力往西邊山上跑。師徒兩人登上山頂後，馬爾巴上師脫下身上一件怪里怪氣的半月形上衣說：

「看好！小子，這房子要像我手上的衣服一樣。」上師邊說邊動手折疊衣服，忙了好久，終於折出一個不知其形的圖案來。

「照著它蓋一間房子。」上師指著圖案說。

「它要怎麼蓋？我看不懂。」

「不懂？笨人！」上師一拳擊上大力的腦袋。

「用用自己的智慧想想看，不要天天只知道吃、喝、玩、樂，沒出息的東西。快蓋好它，我三天後要是看不出它的形狀，你會倒大楣的。」

上師在大力耳邊惡狠狠吼著，大力嚇得直發抖，他半句話也不敢吭聲，匆匆又下山把那些龐大的巨石搬上西邊的山頭上。

那些石頭既粗糙又沉重，尖銳的稜角劃破了他的皮膚，汗水像利刃般在傷口上，一次又一次地切割著，刺骨的疼痛使得他死命咬緊牙根，青筋一根根浮出他的頸子。不久，傷口被汗水浸得泛白，疼痛也就麻木了。

爲了上師三天的期限，大力簡直是不眠不休地工作，第三天，太陽打山背升起了，上師又上山來啦！

「大力！這房子看來很怪異，不適合我住。」

又來了，又來了，大力幾乎不敢相信自己的耳朵。

「上師！這可是您老人家三天前親自指示的，您還把身上的衣服疊出模型來的！」大力急著說。

「我親自指示的？」上師的聲音像打雷，一個大巴掌紮紮實實地落在大力臉頰上。

「我當眞糊塗到那種程度？你分明在貶損我這做師父的知識。」

大力捂著發燙的面龐，熱淚在眼眶中打轉，不讓它輕易掉下來。

「拆！快拆掉它！把石頭和木塊運下山去。」上師一面吼著，一面用粗大的腿踢他。

拆就拆吧！大力淌著汗水，流著淚水，再度將自己辛苦搭建的房子拆下來，然後把所有建材又一樣樣扛下山，上師在他背後不停吆喝著，就像趕著一頭吃力的牛。

「走！我們上那邊去！」

大力搬完最後一塊石頭，上師又操起他的手臂往北方山頭爬，爬了好一陣子，師徒兩人才登上山頂。

「大力啊！前些天我喝醉了，沒跟你把話說清楚，讓你拆了快建好的房子。現在，沒問題了，我連酒罈子也沒沾到，人清醒得很，你就在這兒替我好好蓋間屋子。」

「師父啊！求求您老人家，一定要仔仔細細考慮好才下決定吧！」大力懇求上師。

「放心！我今天是很認眞的。嗯！修密法的人要住三角形的屋子，你就蓋個三角屋吧！我絕不會叫你再拆掉的。」上師厚實的巴掌拍著大力的背脊，痛得大力差點要叫出來。

第三次，大力再把所有的建材拖上北方的山頂，打起精神重新蓋屋子，這回他特別用心把屋子蓋得異常堅牢，工作進行到三分之一的時候，上師氣急敗壞地又衝上工地。

「喂！臭小子，是誰叫你蓋這間邪里邪氣的三角屋？」上師紅著臉大吼著。

「上師，是您……您老人家呀！您親口吩咐要蓋間修密法用的三角屋。」

大力急得快瘋了。

「啊！我？我神經啦！」大拳頭像巨錘般直搗大力的胸膛，把大力擊倒在地。

「給我起來，臭小子，這三角屋是給修誅法的壞人用的。你，你想害死我嗎？故意弄個這種壇城❻讓我修行。去！把它給拆了。快！快呀！」

上師急得又是吼叫又是打人，此刻的大力眞恨不得捧起一塊巨石把自己給砸死算了。他呆立在山巓，任憑上師對他進行無情的責打，如雨點般的拳頭，重擊在化膿流血的傷口上，那錐心的疼痛不比「死」好受。

「你是傻了，還是故意不理我？記住！你是把身、口、意都給了我的人，你是要求正法的人，快給我拆掉這可怕的房子。快！快！」

上師猛一使力，把他推向三角屋突出的尖角上，讓大力以爲自己就會在此結束生命。

拆吧！他還有什麼話說呢？搬下石頭，渾身上下早已被膿血浸透了，他眞想把這一身傷給上師看的，可是，又怕換來一場無情的痛打，左思右想之下，他決定去見師母。

❖註釋❖

❶即身成佛：不須經過很多世的修行，在這一世中以現在的肉身修行，便可以成佛。

❷結印：兩手手指互相交疊，做出特殊的手勢，用來祈福或修法。

❸口訣：密教的修持法門，由上師親口傳授。

❹結壇：布置一個修法的場所。

❺空行母：女性的密宗修行者。空行母在密宗裡代表智慧，是一切諸佛之母；也表示為一切諸佛護法及承辦事業，占有極重要的地位。

❻壇城：即為曼陀羅，此處指象徵宇宙的一個空間，用於修法時使用。

04

嚴格的考驗

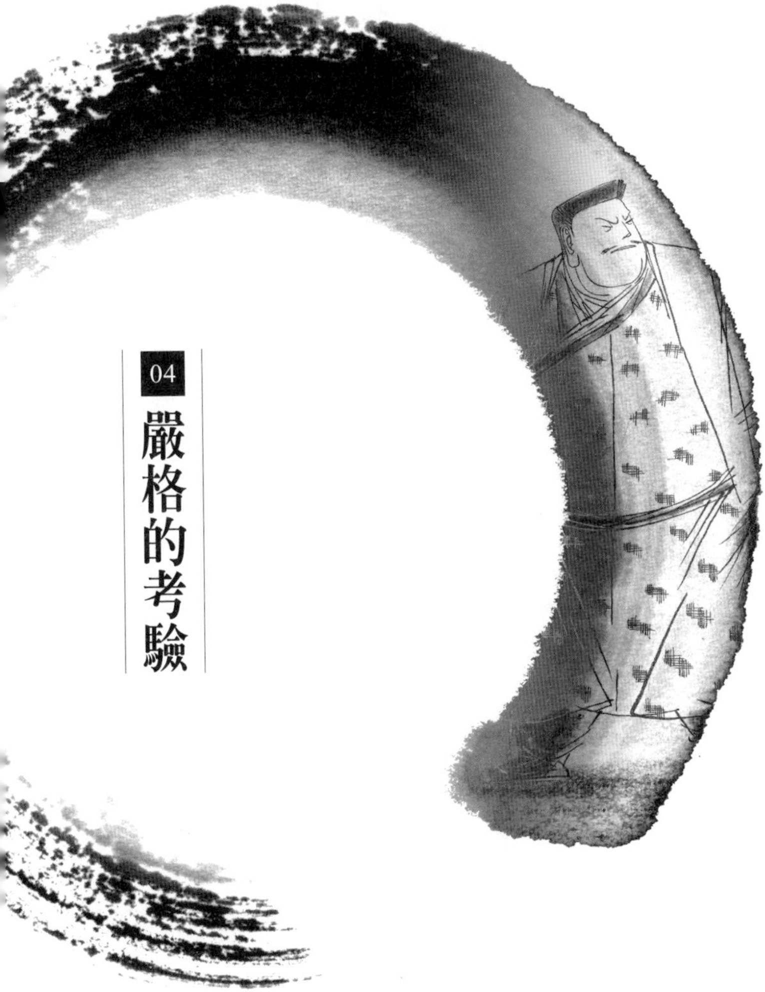

當師母看到大力滿身爛瘡，膿血橫流，她心疼極了，立刻跑去見上師。

「上師啊！大力那孩子全身長滿了瘡，好可憐啊！你不要再折磨他了，快傳個法給他吧！」

「眞的？好吧！你弄幾樣好吃的菜給我吃，然後幫我把大力喊來！」上師笑瞇瞇地居然答應傳法了。

師母費盡心思做了幾道好菜，帶著大力一同去見上師。

「不錯！都是我愛吃的菜。」上師一面喜孜孜地吃著，一面用他銳利的眼睛打量大力。

「你眞要求法？」

「當然！當然！」大力忙點頭，他好高興。

「好吧！今天我就傳你三皈依❶和五戒❷。」

什麼？就傳三皈依和五戒！大力和師母交換了個失望的眼神，那是修顯教最基本的法，上師爲何如此瞧不起大力呢？

「別看不起這個基本的法，假如你連基本的法都修不好，你也別想修我們那些特別的、超越他人的，而且是稀有的法門。你呀！連一點小苦也受不了，磨破了皮、流點血，就在師母面前叫苦啦！想想我的師父那諾巴上師，他眞正是大修行者，捨去了王位不說，他還遠離貌美有德的妻子，甘願受十二大苦行，只爲求正法，而你，唉！」上師深深嘆著氣，但又意猶未盡，一股腦兒把那諾巴上師苦修的事情全說出來了。

大力低著頭，心裡十分慚愧，淚水不由自主地流下來。他眞恨自己，沒有吃苦的毅力和決心，這種人怎麼可以得到大成就呢？不能得大成就又如何洗清自己的罪障，免受地獄輪迴之苦呢？他要放棄自己，還是要拯救自己？皮肉之苦不是永久的，但，心靈之苦卻是生生世世啃噬著每一個愚蠢的自我！

唉！好吧！再怎麼說，救自己才是最重要的，以前曾經失足過，如今可不能再重蹈覆轍了。大力鼓勵自己，此後上師說的每一句話都要聽從，一切苦行都要克服，非修出個好成就不可！

一連幾天，大力過得滿舒暢的，他認眞地思考什麼叫三皈依、如何守五戒。

「大力！跟我散散步！」上師邀他。

師徒兩人又走到第一次大力蓋圓屋的地方。

「你在這裡給我蓋一間四方形的屋子，要蓋九層，九層上面加建一間庫房，也就是十層啦！別緊張，這次，我絕不毀掉，房子弄成了，一切都好辦！」

大力沉吟了半天，師父說的話他實在不敢相信，假如這回再像以前那樣，他豈不倒楣加三級嗎？怎麼辦？轉眼看看師父，似乎滿臉誠懇。這……啊！想到了！每回師父反悔的時候都苦無證人來證明師父先前下的決定，現在，要找個證人。如此一來，師父要反悔也就沒面子了。

「好！我再建一次房子，不過這回，我能不能請師母來做個證人，證明師父剛剛的決定？」

師父一雙智慧的眸子突然閃過一絲頑皮的笑意，他點點頭答應弟子的請求。

得到師母的支持，大力開始建築這間正方形、彷若城堡的大屋，他又辛苦地把大石背上山巔，一塊塊堆疊成地基。這個時候，上師有三位修法有成的弟子，看到大力一個人忙著攀上爬下，累得像頭牛似地直喘大氣，他們好心過來幫助大力，替他搬了很多大石頭上山。有了朋友相助，大力的速度無形中加快了不少，他用那些大石頭做地基，使屋子更牢固。

等房子蓋到第二層的時候，上師來了，他到處仔仔細細地敲打巡視，然後指指地基的石頭，說：

「這些石頭是誰搬上來的？」

死定了！大力知道逃不過師父的法眼，只好承認有朋友幫忙。

「你不能拿他們的石頭蓋房子，快把房子拆掉，把這些石頭搬開！」

「可是，您老人家發過誓決不再拆房子的！」大力覺得自己快吐血了。

「沒錯！我發過誓，但，他們都是我的重要弟子，不能叫他們做你的工人。而且，我又不是叫你全拆了這屋子，我只是要你把他們搬來的石頭拿走而已。」

遇到口才那麼好的師父，大力只有認了。他把建好的部分再拆掉，然後找出不屬於他搬來的石塊，將它們一塊塊背下山放回原地。這時，師父又來了。

「現在，你可以把這些石頭拿去做地基了！」天啊！師父不是不要這些石頭了嗎？他心中暗叫。

「嘿！我只是要你自己搬石頭，不要占別人的便宜。」

搬！再搬！大力被磨到已經沒有脾氣了。此刻，馬爾巴上師的族人開始議論紛紛，不知這位老師父在族人們的禁地上蓋房子、毀房子，到底玩啥花樣？有人建議去干涉，有人倒覺得：說不定，這師父又要拆掉。直到大力把房子蓋到第七層的時候，族人才發覺不對了。

他們糾合一群人，拿著棒棍，衝進城堡中，正在危急時，上師變幻了無數手執武器、驍勇善戰的士兵，緊緊守住城堡。族人們從來未見過有如此大神通的人，他們驚慌地跪地禮拜，成了上師最忠實的信徒。

隔了幾天，大力得到消息，師父要傳一位弟子勝樂金剛的修持法，師母要大力無論如何得求到這次的灌頂❸。

灌頂的儀式是這樣的：求法者事先要洗澡更衣，由上師手持一只內盛加持❹過的聖水寶瓶，向受灌頂的弟子頭上灑。之後，以人的頭蓋骨做成的法器名爲嘎巴拉，裝上青稞酒給受灌頂的弟子喝。在儀式中，弟子要向金剛上師宣誓，立誓修密法，永不向外人講，否則受懲罰等等內容。

儀式完成後，上師指導弟子根據自己的緣分選擇本尊，然後，自己畫本尊及壇城。這本尊和壇城就是曼陀羅❺，密宗行者要面對曼陀羅修行。所以，灌頂對密宗修行人來說眞是件大事。

大力有了師母的鼓勵，在師父要灌頂的時候，他大大方方地坐在受法弟子的座位上，師父看看他，大喝：

「大力，你的供養在哪裡？」

「上師，您跟我說過，蓋好房子就可受灌頂和口訣的，所以我才敢來求法啊！」

「唷！你才不過蓋了個小房子就想從我這裡得到我苦修來的密法，供養拿來！沒有？滾出去！」

上師說完，劈里啪啦地賞了大力幾個巴掌，再用他厚實的大手，一把扯住大力的頭髮連拖帶拉地把他甩出屋子。

師母當場看到這情況，心中非常不忍，她趕忙安慰他：

「孩子，上師常說，他辛苦從印度求來的法，是要利益眾生的，任何人來求法，上師一定會傳法給他的。奇怪的是，他爲什麼老看你不順眼？唉！畢竟他是你磕過頭的上師，你可千萬不要對他有什麼不好的念頭哦！」

大力咬著牙，含著兩行熱淚，整個胸腔充塞著絕望和悲傷，他慢慢走回自己房裡，心中盤算著乾脆自殺吧！幸好，這念頭並不很強烈，他迷迷糊糊過了一夜。

清晨，上師來找他。

「大力，現在你暫時不要管那個大房子，先替我建一所像城樓似的大客店，要有十二根柱子那種型式的，旁邊再建一間接待客人的客堂。造好了，我會傳法給你的。」

又要蓋房子？大力豁出去了，蓋就蓋，看看上師到底能把他整到什麼程度？在大客店快蓋好的時候，有人來求密集金剛的灌頂，師母再度鼓勵他求法。

這回師母給了他一袋黃油、一匹毛布和一個小銅盤，好讓大力供養上師。大力歡喜地捧著供養進了法堂。

「嗄？你又來了？有灌頂的供養嗎？」

「有！毛布、黃油和銅盤是這次灌頂的供養。」

「什麼？你這所有的供養品都是我的施主供養我的，你憑啥又拿它們來供養我？取自己的供養品來！沒有是不是？給我滾！」

上師吼完立刻將他一腳踹出佛堂。當著眾人面前，兩度被師父羞辱，他眞恨不得自己化做一縷輕煙，從人世間消失掉。

大力在眾人同情的眼光中站起，他心中想：這一切痛苦的事件會不會是自己以前曾經放咒殺了人，或者是降冰雹毀了農作物，而受到的報應呢？如果不是，那是自己沒有佛緣，不能受法修法了？假如這也不對，那就是上師不夠慈悲，不肯傳法。他想著想著，愈來愈傷心，連師母特地爲他送來的食物也吃不下，坐在床頭上痛哭了一整夜。

天亮了，師父過來看他。

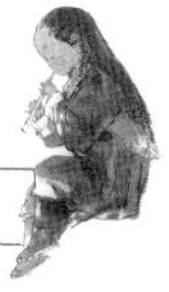

「現在把客店和山上的城堡蓋好，我馬上傳口訣。」

看看上師，好像滿認眞的，想想自己，反正是個沒用的人，多替上師做點事又何妨？他挺著長了大瘡的背，再背起巨石、重物，上上下下地修房子，那些毒瘡開始潰爛，腫起像饅頭似的疱，疱上冒出三個膿頭，被壓破的膿頭流出惡臭的黃紅色膿液，整個背讓瘡霸占了一大半，他的痛苦實在是筆墨難以形容。終於，大客店的工程都做完了，大力心想，再不及時找上師傳法，說不定上師就忘了這回事了。

「師母，上師交代的大客店工作全做完了，不知能不能請師母幫忙說兩句好話，請上師傳法給我？」

大力一面說著，背上的毒瘡卻毫不留情地把痛苦刻在他全身的神經上。

「大力，你怎麼啦？臉色好難看啊！」

大力不回答她，因爲他此時的樣子令人看了就怕。無可奈何地，大力只好脫下衣服，露出血肉模糊的背部。

「哎呀！我可憐的孩子！」

師母心疼得淚水都流下來了，她急匆匆地跑去見丈夫。

「上師啊！大力這孩子的整個背部都是毒瘡，有一粒長得特別大，上面有三個膿頭，好可怕呀！上師，您這樣對待他，如果讓別人知道，您這大喇嘛的臉要往哪兒放？上回您說建好客店要傳法給他，現在他已經建好了，您可不能再食言了！」

「是呀！是呀！不過，我是說客店和城堡一起做好才可以，城堡呢？」

「修好客店就足夠了。」

「妳懂什麼！叫他建好城堡再說！」上師斥責師母，但忽然又問：

「妳剛才是說，大力背上長了毒瘡？」

「沒錯！你自己去看看，可憐死了！」師母都要跪下來了。

「大力！大力！你上來。」上師一聽，忙喚大力。

樓下的大力想著，自己有希望了！急著跑上樓去。

「大力，讓我看看你的背。」

上師掀開大力的衣裳，仔細看了很久。

「我的師父至尊那諾巴，他老人家受過十二大苦行、十二小苦行，比你這點小瘡可厲害多了，而我自己也是不顧生命、財產去侍奉那諾巴上師。你如果想求法，就別像個沒用的人，快去把城堡建好吧！」

是呀！上師說的話沒錯，自己背上的瘡算什麼呢？上師叫他稍等一下，然後回到屋裡拿了些布，替他在衣服上縫了幾個大口袋。

「馬和驢子長了背瘡，都用口袋裝東西再馱，以免髒東西黏在傷口上。」

穿上師父縫的大口袋衣，大力又忍痛馱了七袋砂子到山頂上，繼續工作。他背上的瘡因爲不時地壓迫刺激，而擴大面積，整個背全成了爛蜂窩。大力實在痛苦的受不了，就去告訴師母，請上師先傳個法給他修，或者是讓他休息一陣好養傷。

師母把他的意思轉給上師，上師堅持，房子未好，決不傳法，休息倒可以。有了上師的授意，大力才得以好好療養，師母也趁這時候做了許多營養品給大力補身體，並不時安慰、鼓勵他，讓心力交瘁的他總算得到一些快樂。

背瘡快要好了，上師來叫他造城堡，大力準備好工具要上工了，師母實在不忍，她想出了個計畫，要促使上師早日傳法給大力，這天……。

「大力呀，別走！別走嘛！這一回，我一定求上師傳法給你！」師母拉著假裝哭泣的大力，故意朝著上師休息的窗口講話。果然，這招計謀把上師引出來了。

「什麼事？兩個人在這兒吵翻天了！」

「上師！大力從遠方來求法，您不但不傳他正法，反而落得做牛做馬。現在，看他虛弱成這樣，他怕自己求不到法就死了，所以要到其他地方去尋師，我怎麼拉也拉不住他呀！上師，您可要想想法子留住這可憐的徒弟！」

上師聽完，轉身回房，師母樂得笑出來。沒料到，才片刻，上師已抓了根皮鞭衝出來，惡狠狠地往大力身上抽打，邊打邊大聲怒罵：

「你這混球！當初你來的時候把身、口、意都給了我，現在您想溜？還我你的身、口、意，還有你口袋裡所有的東西，這是我的權利，你自己答應給的。」

上師把大力打得跌倒在地，大力悲痛得放聲哭泣，師母想不到自己的計畫卻又使大力挨皮鞭，她更難受。

「唉！上師這牛脾氣誰也改變不了，這樣吧！我自己有一個金剛亥母❽的法門，我傳給你！」

師母傳了法，大力很用心地修，可是，卻沒能修出一個成就。雖然如此，他也覺得心裡平衡多了。因爲師母對他很好，他決定留下來。

夏天到了，他幫師母擠牛奶、炒青稞。冬天，他幫忙餵牲口。有時候，他想著去尋別的上師，可是他知道，藏地裡僅有馬爾巴上師才有成佛的密法。該怎麼辦才好？唉！無論如何，一定要得到上師的歡心，才有成佛的希望。這麼一想，他的心開闊了，於是就一心一意地修建大客店邊的修定室。

這天，有人來請喜金剛的灌頂。

師母看到別人帶了許多供養來求法，她對大力說：

「馬爾巴只愛錢，你是個窮光蛋，他就不傳法給你，好！我已經替你找來一份供養了。這回，你一定要求到灌頂，假如他還不理你，我會再想辦法的。」

說著，師母就從口袋裡取出一塊晶瑩剔透、雕成龍形的紅寶石給大力。大力捧著這塊放出大光明的紅寶石走進佛堂頂禮，把寶石供上，然後坐上受法座。

上師拿著紅寶石反覆細看把玩著。

「大力，這東西哪裡來的？」

「是師母給我的！」大力不敢欺瞞師父。

「叫她來！」上師臉上掛著微笑，一會兒，師母來了。

「這紅寶石哪兒來的？」

「嗯……上師，很對不起，這寶石是我的陪嫁物，因爲我父母認爲上師脾氣不好，若是以後生活有困難，可以變賣它來養活自己，它是屬於我的財產。大力這孩子太可憐了，我才把寶石給他，請上師接受寶石，開開恩傳大力一個法吧！」

師母說著，猛向旁邊師父最器重的大弟子俄巴喇嘛使眼色，希望他能幫大力說幾句好話。可是，俄巴喇嘛回頭，看見馬爾巴上師已經轉成滿面怒容，他啥話也不敢說，只管低頭看坐墊。

「達媚瑪！你這個糊塗人！竟把這樣好的寶石送人？」上師怒沖沖地將寶石戴在頭上。

「你錯了，你的一切都是我的，紅寶石當然也是我的，大力，拿自己的財產來！」

大力心想，四周坐了許多人，大家都同情他所受的待遇，一定會爲他求情的，因此就坐在那兒不走。上師圓瞪巨眼，一躍而下直撲他面前，提起重如山石的胖腿，像踢仇人般地拚命踹他，亂踢了好一陣子，似乎還不能消心頭氣。上師又抓起皮鞭狂抽他一頓，打得他眼冒金星，渾身上下的皮膚像要迸裂開來。

俄巴喇嘛急急從座位上爬起，盡力拉住盛怒的上師，可是上師依然怒騰騰地在屋裡跳著、吼著。這回，他可氣炸啦！師母趕忙扶起大力，將他帶到屋外。

大力抹抹嘴角的血漬，委屈悲痛如潮水般湧上，他哭了，想死的感覺又冒了起來。

「大力，不要傷心！像你這樣好的徒弟，世界上再也找不到了，假如你要尋找別的喇嘛，我一定介紹你去，學費和供養，我都會給你！」師母離開法會現場安慰大力。

傳法的日子，照例舉行盛大的薈供❻，供養十方三世諸佛菩薩及諸天、護法的功德很大。但師母那晚擔心大力想不開，一直陪在他身邊，不敢離開一步。

第二天一早，上師又將他罵了一頓，他覺得自己實在待不下去了。想求法，一定要有錢，身上沒半毛錢而一直留在此，那絕沒有出息的，這麼想著，他決定離開了。

收拾好只屬於自己的書和物品，其他不是自己的東西都不帶，他悄悄離開這個傷心地。走在半路上想到自己沒向疼愛他的師母辭行，覺得眞是太過分了，要回頭，卻不敢。正好，那附近有人請他念經，要付他酬勞。能賺些錢用，比什麼都好，他欣然接受，在當地念了五、六天經。念經時，受到經文中常啼菩薩苦行的啓示，他改變心意動身再回去。

而上師那兒，師母看到大力走了，氣呼呼地指責上師，把他視爲眼中釘，卻是她喜愛的弟子趕走。

「眼中釘？你說的是誰啊？」上師感到莫名其妙。

＊　＊　＊

「唉！密勒日巴尊者好可憐！」淨仁深深嘆了口氣。

「是呀！師父！為什麼他要受那麼多的苦呢？馬爾巴上師未免太不通人情了！」淨勇立刻接著說。

「想知道密勒日巴尊者為什麼會受如此的巨苦嗎？好！我們把時間往前倒。」師父的聲音很平靜。

❖註釋❖

❶三皈依：回轉、依靠佛、法、僧三寶，是成為佛教徒的一種儀式。

❷五戒：在家佛教徒所應受與應守的戒律，內容為不殺生、不偷盜、不邪淫、不妄語與不飲酒五種戒。

❸灌頂：密宗傳法的儀式。

❹加持：有祝福、祈禱的意思。

❺曼陀羅：梵文的音譯，是聚集、具足之意，為諸佛菩薩聖者聚居的地方。密宗將佛菩薩等佛像畫出，讓密宗修行者供奉、修行，為密宗圖像之一。

❻薈供：密宗的法會。密宗修行者常於每月十五日或上師及佛菩薩誕辰時所舉行的祈禱供養。

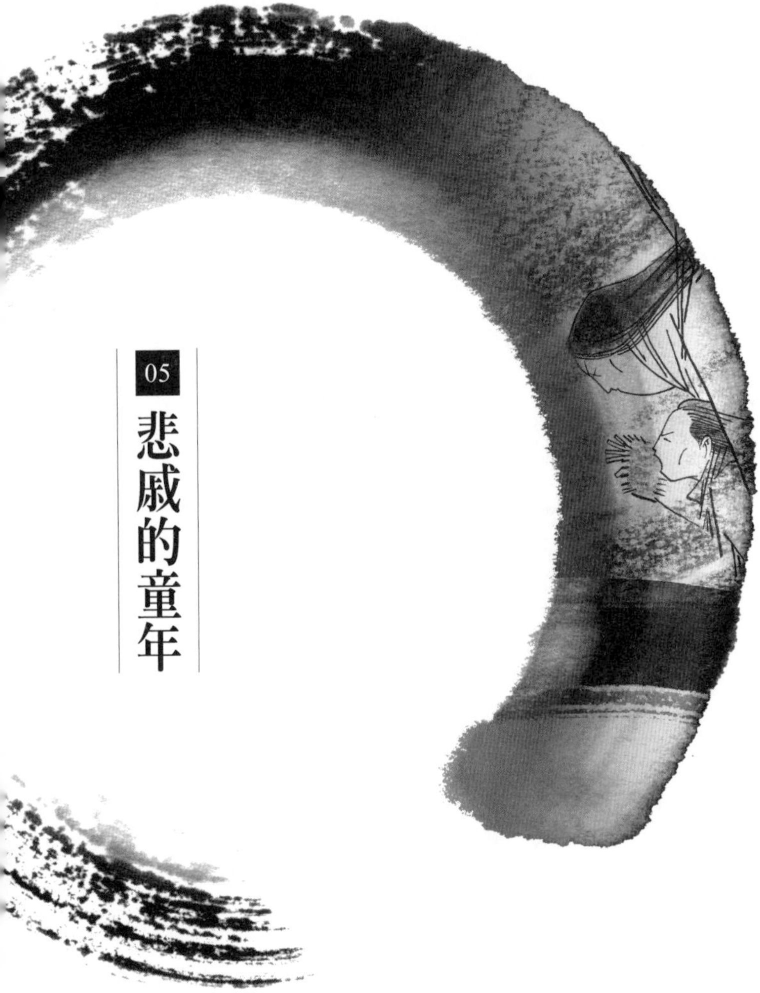

05

悲戚的童年

時光匆匆倒回西元一〇五八年，大家眼前霍然一亮。哇！這真是個景色幽美的好地方啊！有蒼翠的山嶺，搖曳生姿的綠草。師父告訴大家，此地名為貢通，是密勒日巴尊者出生的地方。

＊　＊　＊

尊者俗名聞喜，父親名叫密勒蔣采，母親是白莊嚴母。父親有著靈活的手腕，成功地爲密勒家族賺了數不盡的錢財，尊者是生在一個極富裕家庭裡的漂亮男孩，但是在他七歲的時候……。

「爸爸！您回來了！哇！又有綠松石了，是給妹妹琵達做頭飾的嗎？」聞喜迎著低頭跨進屋內的父親快樂地問。

「好孩子，爸爸很不舒服，去找媽媽來！」父親密勒蔣采疲倦地跌坐在厚厚的地毯上。

父親鐵灰的臉色嚇壞年幼的聞喜，他高聲呼喚母親。不久，醫生來了，診察完父親的病況，醫生寒著臉把母親招出屋外。

等母親再進屋，聞喜看到她臉頰有兩行淚跡，爸爸怎麼了？他想問媽媽。可是，媽媽忙進忙出的，一會兒差遣僕人買藥，一會兒又傍著爸爸低語，他只好悶悶地走出屋外。

心情不好，唱唱歌解解鬱吧！他對著屋前一片青蔥禾苗，高聲唱起歌來。聞喜的歌喉一向美妙，村人都愛聽他唱歌，有人說，只要聽聞喜唱歌，心情就很愉快。

只是，還沒唱兩句，母親就從屋裡奔出來，朝他大罵：

「爸爸生病了，你還有心情唱歌？眞沒良心啊！快到路口去看看藥拿回來了嗎？」

聞喜從未被媽媽如此疾顏厲色地教訓過，他含著兩行淚水跑到路口等藥去。

從此以後，家裡不再有濃濃的酥油香味，也沒有炒青稞時嘩啦嘩啦的熱鬧聲，更別談那些紳士富豪穿梭家中的笑語聲。家裡變得異常沉悶，竄進鼻孔的全是令人作嘔的藥味；聽進耳中的，除了媽媽的嘆息聲，就是爸爸痛苦的呻吟。聞喜和妹妹琵達每天只能倚在大門口，看著屋外俄馬三角田裡，那迎風搖曳的禾苗發呆。

這天早上很特別，媽媽把他們兄妹喚了來，沙啞著喉嚨告訴他們，爸爸要離開他們到很遠很遠的地方去，請他們兩人速速找來所有的親戚以及常來往的朋友們，爸爸有事要交代大家。

很快的，家裡圍了一大群人，其中有聞喜的堂伯和姑媽，也有聞喜的舅舅，以及自小和聞喜訂了親的結賽姑娘的父親，另外就是那些和父親交情很好的紳士富商們。

父親略略梳洗過，被母親安置在大廳裡，他看來十分清瘦，根本不像前些日子粗壯勇健的爸爸，聞喜心中一陣悲痛，淚水禁不住滾落面頰。

「我親愛的家人和朋友們，今天請大家來，是要跟大家公布遺囑。」父親說到這兒，已是上氣不接下氣了，母親連忙餵父親喝一口藥水。

可憐的密勒蔣朵一生賺了那麼多錢，最後逃不過死神的折磨。他斷斷續續地把自己死後的一切事情，交託得清清楚楚，重點是，所有家產都歸兒子聞喜所有。但，因爲聞喜還小，無法處理如此鉅額家產，他希望堂伯雍重蔣采和姑媽瓊察巴正能暫時代爲管理，等聞喜長大成人，才把所有家產歸還他。在這段管理期間，他懇求堂伯和姑媽要善待聞喜他們母子三人。

父親交託了所有的事情後就安然逝去。可是，廳裡的人卻吵了起來。因爲堂伯和姑媽急著瓜分財產，聞喜的舅舅和結賽姑娘的父親一看情況不對，他們立刻挺身而出，想替聞喜爭回管理權。

「你們是密勒蔣采的血親嗎？朋友們，大家剛剛才親耳聽見密勒蔣采的遺言，這兩人竟敢違背死者的話，當心他會找你兩人算帳的！」堂伯輕蔑地說。

「血親？聞喜才是密勒蔣采眞正的血親，你們應該把他所有財產還給他，他還有母親，他的母親也是富貴人家的女兒，知道怎樣管理財產，你們不應該把他的財產拿走。」聞喜的舅舅義正嚴辭地反駁。

「哈！聞喜的舅舅，我知道你安的什麼心了，原來你想和你妹妹合作，一同謀取我們密勒家族的財產啊！鄉親們，你們倒來評評理呀！這些財產究竟該歸誰管？」姑媽瓊察巴正利嘴利舌地把舅舅給修理了一頓。

支持堂伯、姑媽一派人馬和支持舅舅、母親這一派人馬，在大廳裡七嘴八舌地爭吵起來，誰也不去理會默默收拾密勒蔣采遺體的母親和聞喜。吵到最後，堂伯和姑媽帶著勝利的笑容，拿光聞喜父親所遺留下來的每一項家產。

「你們兩個『血親』要有良心啊！否則密勒蔣采的靈魂絕不會放過你們的！」舅舅望著他們離去的背影大喊。

一群人簇擁著勝利者離開了，大廳裡陡然空曠起來。僕人們運走密勒蔣采的遺體，媽媽環顧室內終於懲不住了，她摟緊兩個孩子，放聲嚎哭出來。

雖然日正當中，但是，聞喜卻感到陣陣寒意直攻心頭。年僅七歲的他，猛地由天堂似的富裕生活中跌入地獄般悽苦的環境裡，他開始懂事了。看看身邊憔悴如老婦的母親，再望望才三歲多，年幼無知的柔弱妹妹，他告訴自己，一定要努力、要爭氣，更要好好保護家人，不再讓她們受到屈辱。

夏天，西藏谷地裡十分悶熱，直射的陽光猶如千萬柄利箭，扎得人皮膚發痛，一向愛到處亂跑的狗兒們，也受不了這炙人的酷熱，紛紛躲進人類的屋子或帳篷的陰影下，伸著舌頭喘氣。

「喂！聞喜！告訴你媽，我們老爺說，在黃昏以前，你們必須把他所有的田地耕完，明天清晨一定要播種。假如耽誤了老爺的收成，他就要扣掉你們家產的四分之一來賠償損失，聽明白了沒有？」

堂伯的家僕滿身汗臭，全身像剛自水裡撈起來一般，神氣十足地轉達堂伯的指示。說完後，不容聞喜他母親開口，扭轉馬頭急速離去。

媽媽抬頭望著一輪烈陽，她搖搖頭，嘆了口氣：

「孩子們！爲了維護父親辛苦賺來的產業，我們下田去吧！」

「可是，媽！這種天氣連狗都不想動了，我們……我們非得下田嗎？」聞喜淌著一臉汗水，頭上的亂髮用草繩凌亂地綁成一個枯黃的髻。

「我們能不下田嗎？難道你沒聽到，你那親愛的堂伯又要扣我們的家產來抵銷他的損失了！」

「他敢扣？等我長大，我一定要把它全部討回來！」聞喜握緊拳頭，忿忿地說。

「聞喜，你要爭氣啊！唉！可憐的孩子！」

媽媽說完，抹去額角的汗珠，也順手擦去眼角的淚水。她認命地收拾妥農具，一步步踏進炎日的魔掌中，聞喜和妹妹只有亦步亦趨地陪伴著媽媽。

不到四十歲的母親早失去應該有的丰采，枯澀的肌膚上刻著深淺不一的皺紋。原本烏黑柔亮，且散放出松脂香味的頭髮，目前已是白髮斑斑。雖然她每天刻意地將它們梳理整齊，可是，那不經意掛落在額上、肩上的亂髮，更增添她令人心碎的憔悴。

冬天，早降的霜雪把大地完全封凍起來，田裡的苦活兒總算可以暫時卸下。不過，別高興，姑媽的工作又來了。

「喂！聞喜！告訴你媽，趕快到我們家去搬羊毛來織，再過幾天，月亮就圓了，你姑媽急著拿羊毛毯去賣呢！她說，假如你們耽誤了她的買賣，害她的羊毛變成廢物，她不但扣光你們的家產，而且還要減少你們的食物。記住，要

快！不能偷懶！」姑媽的家僕騎在大馬上，高聲地叫著，他帽子上的黃金和綠松石在雪光的反射下熠熠生輝。眼尖的聞喜看出，那正是以前他帽子上的飾物啊！

媽媽綑緊早已破爛成一堆布條的外套，背著羊皮簍子，一步又一步走進積雪盈尺的冷酷大地。她抿著灰白的雙唇，枯瘦的雙手像鷹爪，死命扣住身邊的兩個孩子。聞喜和妹妹琵達，瑟縮著身體，偎著母親而行，寒風掀起他們無法綁住的衣裳的破片，那如刀割的劇痛，從裸露的肌膚直達心房，他們的雙手拚命想塞進胳肢窩取暖。

可是，做了過度苦工的手已磨出厚繭，有些部分裂開了，鮮血從傷口中流出來，在傷口的地方凝成硬片，彷彿帶了硬鉤和尖刺。這一雙帶了鉤和刺的手掌，只要稍稍碰到皮膚，都使得兄妹倆疼痛不已。

艱苦的生活抽乾了他們身上所有的光芒。他們不再像以往，過著穿金戴銀、吃著山珍海味、穿著綾羅綢緞的奢華生活，他們的頭髮裡爬滿了蝨子，吃著連狗都不想吃的食物。他們的破衣裳只有藉著粗細不一、顏色各異的繩子穿

過、綁好，免得當眾落下滿地的布碎片丟光了臉。

鄰居們眼看他們如此落魄，有些人在心中暗暗同情他們，但大多數的人都轉向堂伯和姑媽那兒。這些人興致勃勃地去巴結堂伯或姑媽，就像過去，他們一窩蜂地來纏著父親一樣。這批趨炎附勢的小人，每每在路上看到他們時都故作不認識，且遠遠地躲開他們，有的甚至還惡言惡語地諷刺他們。

「有人說啊！女人在丈夫有錢有勢的時候，怎麼看、怎麼好，不管是風度氣質或是爲人處世，全都令人欣賞。可是，一旦失去丈夫的依靠，唉！竟然會變得比乞丐還不如。依我看，這與她自己的教養有很大的關係吧！這就像是上好的細羊毛，才可以織出好價錢的料子，下流的教養不配過一流的生活，它們的道理是一樣的啊！」

「想當年，他的祖父只是個卑賤的流浪漢，誰曉得他們用了什麼手段，居然成了大富翁。現在可好了，風水輪流轉，再讓他們重做眞正的流浪漢吧！」

06

母親的怒火

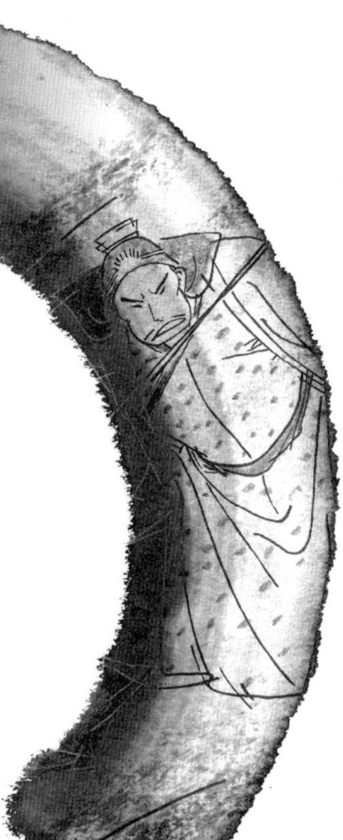

刻薄的言詞像毒藥，毫不留情地灌進他們的耳中，報仇的怒火在母親胸中慢慢燃起。

在大家如潮水般的嘲笑聲中，唯獨結賽姑娘的父親依舊支持他們。偶爾他會送來一些衣裳或食物接濟他們的窮困，並且語重心長地鼓勵聞喜：

「聞喜！別難過，世界上的財富像露水一樣，你早上看得見它、摸得到它，等太陽出來，它就消失了。想當年，你祖父來到貢通時也是個窮光蛋呀！他能在短短十幾年變成富翁，而你是他的孫子，一定也能創出奇蹟來的。」

他的鼓勵令聞喜萬分感激，這一門由父親訂下的親事帶給他無比信心和力量。

聞喜的舅舅是最照顧他們的人了。在聞喜母親出嫁那天，她得了一片田地做爲嫁妝。自密勒蔣采去世後，舅舅就親自替他們耕種，把每年收成的農產品賣掉後，將這錢存下來，又想辦法讓錢生利息，多年累積，也有了一筆不算小的數目。這件事，聞喜一直不知道，直到有一天，母親突然很慎重地把

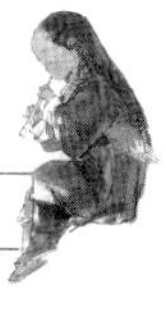

十五歲大的兒子叫到面前來。

「聞喜，你已經十五歲了，是可以娶妻生子的大人，我決定在你生日那天，把你父親的遺產全部討回來！」

「怎麼討？這麼多年了，難道您還不死心嗎？」

「不！孩子！這些錢應該都是我們的！我準備花一筆錢辦一場筵席，請來你父親死的時候在現場的那些鄰居和你的堂伯、姑媽。我要請你舅舅和你的丈人作證，逼他們無論如何要遵照遺囑把錢還給我們。」媽媽堅定地說。

「可是，您哪來的錢辦筵席啊？」

「我自有辦法！」

「媽！我們家已窮得連鬼都不敢上門了，你別爲了這次的筵席而去向人借錢。何況，像我們這種人誰會借錢給我們呢？媽！死了這條心吧！等我再大一點，我就到外地闖天下，賺錢養活您！」

爲了安撫兒子，母親才透露了自己還存了一筆錢的消息。但是，聞喜並不贊成母親的作法，這些年來，他看透了人性貪吝的一面，那些小人決不會因爲吃了你一頓飯而得罪他們心目中的好朋友——堂伯和姑媽的。

可是，母親心意已定，她果眞到市場去買了許多上好的酒和肉，再去向人借來幾十個大墊子，又差了舅舅們和結賽姑娘的父親，把該請來的人都請到他們這已嫌破舊的四柱八梁大廳裡。

人都到齊了，大家毫不客氣地大口吃肉，大碗喝酒。母親看著是時候了，她勇敢地站起身，朗誦了密勒蔣采的遺囑，並鄭重宣布要正式討回兒子的財產。大廳裡的人頓時像被蠟封住，沒有半點聲音，每個人的眼睛都只盯著自己眼前的食物看。

「我願意作證，密勒蔣采的遺囑是要在聞喜長大時，讓他討回自己的財產！」結賽姑娘的父親替聞喜說話。

「你，是聞喜的岳父吧！當然要爲自己的女兒打算囉！可是，我要告訴你，密勒蔣采的家產已經全部沒有了！」堂伯睜大了眼，將嘴角往下撇，臉上擺著不屑的表情。

「誰說沒有？我們的田地，你們身上的金子、松耳石，你們獸欄裡的牛、

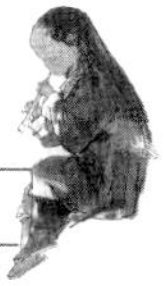

羊、馬，都是我們的，是密勒蔣采託你們照顧的。還來！」母親忍不住叫起來。

「嚇！好潑辣的女人啊！你們密勒蔣采生前向我們借了不少的黃金、田地和牛羊，這些財物要是拿來生利息，你這女人三輩子也還不完。現在，我們就拿他託我們管理的財物來還債，還算便宜了你！」姑媽也叫著回答。

「我家密勒蔣采從未跟人借一分一毫，你們在家鄉混不下去，可憐兮兮地來投靠我丈夫。他救濟你們，教你們做生意，對你們比對自己的兒女還要好，你們今天卻說出這種沒良心的話，難道不怕天譴嗎？」母親不甘示弱地頂了回去。

「可惡的女人，看我今天怎麼教訓你！」堂伯抽出佩在腰間的皮鞭用力抽打聞喜的母親。

「滾出去！你這瘋女人，窮怕了是不是？誰教你說這些話？誰偷改了密勒蔣采的遺囑？誰指使你做這些事？我要打死那混蛋！」

母親痛得在地上翻滾，堂伯又舉鞭抽打已哭成一團的聞喜和琵達。母親爬過來，用枯瘦的雙臂緊緊衛護著自己的孩子，她口中狂呼著丈夫的名字，一道道鞭痕印在皮膚上，滲出鮮紅色的血珠子。所有的客人被這恐怖的一幕給嚇壞了，他們急急逃出這個大廳。臨走時，只留下淡淡的嘆息！

「哼！你們要我們還財產是不是？不錯，財產全是你們的，我們就是不願意還給你們。有本事，你們找一群人來和我們打一仗。贏了，財產還給你們，不然，你們就去念咒吧！哈！你們的祖先不是挺會念咒的嗎？哈哈哈！」

堂伯和姑媽狂笑著啐了他們一口唾液，得意洋洋地領著那群觀看熱鬧的朋友離開了。

密勒蔣采用一大筆錢修築的豪華住宅，只剩一片狼籍，留下來陪伴他們母子三人的仍然是舅舅們和結賽姑娘的父親及哥哥。

「這些人的良心都被狗吃了，白莊嚴母！你要堅強，我們兄弟一定會照顧你的！」大舅舅無限憐惜地對母親說。

「謝謝！我的好兄弟們。今天，我無力取回自己的家產，我也絕不依靠別人來養活我的兒女。不管怎樣，我們一定要拚出一番成績，給那兩個狼心狗肺

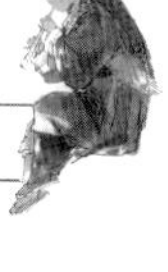

的東西看看！」母親沉痛地立下誓願。

「我們願意替你們種田！」她緊接著又說。

「種田？好是好，不過，聞喜……他……。」結賽的父親望望身邊的女婿，他可不願自己的女兒當農婦。

「是啊！聞喜該去學一些技術，種田沒什麼出息的！」舅舅趕忙附和，他也不願聞喜把大好前途埋葬在泥土裡。

大人們知道，寧察地區有個叫無上廣的小鎮，那兒住著一位紅教喇嘛，專修八龍密法，功力不錯，當地居民十分敬仰他。就這樣，聞喜被送去無上廣，拜這位喇嘛爲師父，開始學習咒術、讀經典，預備爲自己開創新生命。

在他求學期間，結賽姑娘奉父親的命令曾經帶了些食物和柴、油給聞喜用；而家中的母親和妹妹則在舅舅的照顧下找些小工，賺些僅供糊口的小錢，勉勉強強度著貧苦悲愁的日子。這一家人的臉上沒有笑容，什麼是快樂？他們早把它忘到九霄雲外去了。

有一天，聞喜的老家——嘉俄澤平原上，村民們爲了慶祝豐收舉辦一場熱

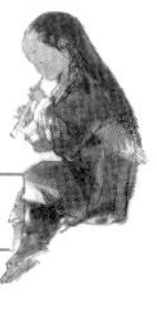

鬧的祭典和同樂會，聞喜的師父被村民們請去主持祭典，並且接受他們如上賓般地款待，師父帶著徒弟聞喜一同參加這難得遇見的狂歡慶典。

村民們花了大把鈔票，準備了各式美味飲食，配著喝不完的美酒。好久好久沒接觸過這種場面的聞喜，自然努力地替自己添加營養，痛痛快快地吃喝起來。他忘情地吃得快撐破肚皮，灌下肚的酒漲到喉頭，只要燃根火柴，他就可以燒起來了。

師父看他醉得差不多了，就差他拎著供品先回無上廣。聞喜醺醺然、樂陶陶的，把心中所有的苦悶全忘掉了。他顛三倒四地沿著山坡往回走，走著走著，忽然腦中迴蕩起慶典中村民歡欣歌唱的旋律。多年未展喉高歌的他，一時技癢，歌聲宏亮地從喉管中迸出來。

聞喜天生有副好嗓子，再加上今天他吃飽了、喝足了，美妙的歌聲更是悅耳動聽。他邊唱邊走，習慣性地踏上回家的道路，根本不知道有場大戰已等著他來報到。

家裡，母親正在炒青稞，遠遠地聽到有人唱著歌來了。那優美的技巧，沒有瑕疵的聲音是多麼熟悉，她不覺停下手中的動作，用心傾聽。這一聽，她似乎可以確定是自己那苦命的兒子。可是，兒子正在無上廣求學呀！怎可能無緣無故地跑回來呢？她放下鐽子趴在窗口往外看，天啊！眞是聞喜這小子。

她氣極了，想到全家人還在有一餐沒一餐地過苦日子，辛辛苦苦地攢錢送兒子去求學。不料，兒子竟然不知上進，丟下學業，又喝酒又唱歌地跑回來。

她咬牙切齒地抓了根木棒，又從灶裡挖了一把灶灰，連滾帶跳地從樓上衝下來，迎面就把灶灰扔在兒子頭上，然後雙手抓著木棒，朝兒子身子亂打。她邊打邊哭喊著密勒蔣采的名字：

「密勒蔣采呀！看看你自己生的兒子吧！你已經沒有後代了！」妹妹琵達聽見外面的騷動，急忙下樓。此時，母親卻已氣昏在地上了。

「哥哥！你看看你！害得媽媽這樣傷心！」琵達扶著乾瘦的母親，悲痛無助的眼神直望著迷迷糊糊的哥哥，失望的淚水嘩啦啦地從眼眶中流洩出來。

爛醉的聞喜被老母狠揍了一頓，再看到地上躺著及蹲著的兩個女人，他竭力定了定，讓昏沉的知覺醒過來。當他知道自己竟然因爲喝酒，而鬧出這件令家人絕望的禍事，陣陣羞愧像雅魯藏布江的洪流將他淹沒。他嚇呆了，顫抖著雙手幫妹妹扶起母親。

「媽媽！我……。」才開口，聞喜愧疚的淚水立刻奔騰而出。

「孩子！世界上還有比我們更可憐的人嗎？你居然有這份心情唱歌逍遙，你再不好好努力向上，以後恐怕連哭都哭不出來了！」媽媽老淚縱橫地數落兒子。

「我知道錯了！媽！相信我，我一定會奮發圖強，只要您想要我做什麼，我絕對會完成您的心願！」聞喜這回可是下了極大的決心了。

「好！孩子！我要你報仇，叫那些害慘我們母子的人吃吃苦頭，但我們家勢單力薄，沒有能力和他們打一場。所以，我要你去學咒術，把世界上最厲害的誅殺法、降雹法，徹徹底底學會。然後使用咒術，將你堂伯、姑媽那一幫人全部殺死，這是我唯一要求你完成的事，也是我在世上最大的心願，你可以做到嗎？」

媽媽的淚水盛在噴出怒火的眼睛裡，聞喜不覺微微一凜，這深仇大恨若不能在她有生之年爲她解決，她是連死都心不安的。

「我發誓！絕對替您辦到。請替我準備旅費和給上師的供養！」

西藏人對拜師學佛是萬分愼重的。因爲，一個人在上師指導下修習佛法，等於從上師那兒獲得另一種高超潔淨的生命，徹徹底底去除往昔所有的惡習、惡業。

上師的恩惠甚至遠勝過父母給予我們的。只因爲，父母給了我們生命，而上師給的是慧命；生命有生和死，而慧命卻是永恆的。我們因擁有生命而能去找尋慧命，所以也要孝順父母才行。人，是不能忘恩的。

聞喜的母親毅然賣掉陪嫁的田地，把這筆錢買了一顆名貴的巨星光大松耳石，再買了一匹名爲無鞍之獅的白馬，外加一桶染料和一綑牛皮，給聞喜做爲供養上師的禮物和沿途的旅費，聞喜帶著母親殷切的期望準備上路了。

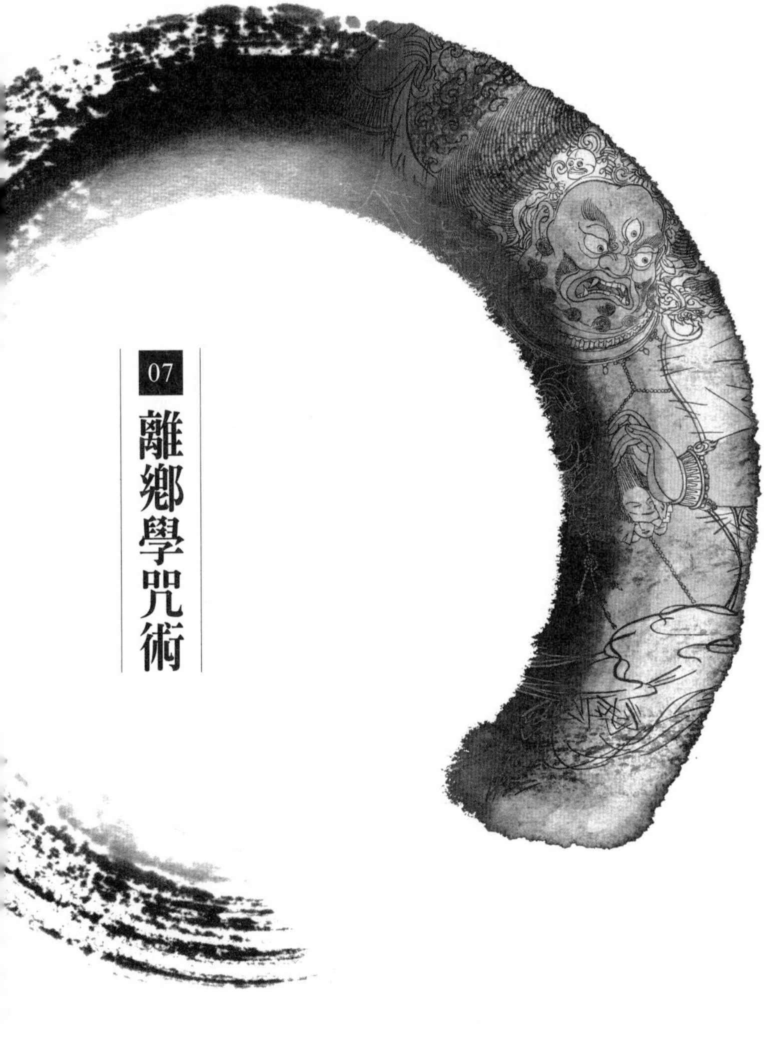

07

離鄉學咒術

白莊嚴母一面替兒子打點行李，一面差兒子向親朋好友道別。她知道，兒子這一去非得學得全套咒術才會回來，否則全家人的希望就完全破滅了。

聞喜當然知道母親的心情，他默默地幫母親做了許多家事。

＊ ＊ ＊

「師父！密勒日巴尊者就一個人去學咒術嗎？他還那麼小，一路上很危險的！」淨仁早就淚漣漣的了。

「不！等一下，瞧！那邊不是來了兩個年輕人嗎？他們將和年輕的密勒日巴尊者結成好友，一路互相照顧，並且彼此鼓勵的。繼續看下去吧！」師父回答。

＊ ＊ ＊

聞喜遇到兩個也要到衛藏地方去學咒術的年輕人，他們三人自然就結伴同行，在路上相互照應。臨行前，母親懇切地請求那兩個人要費心多鼓勵聞喜，好好學會咒術，她甚至會酬謝他們對自己兒子的愛護。

同時她又把兒子招到一邊來，用一雙粗糙的手緊緊握住兒子冰冷的手，滾滾熱淚一滴滴落在兒子的手心裡。

「我可憐的孩子啊！你每天都不能忘記我們家悲慘的遭遇。無論如何，你要咒一咒這個沒有良心的村子，替媽媽出一口氣，假使你不能咒倒這個可惡的村莊就又唱著歌回來了，那我就死在你的面前給你看！」

「媽！您放心，我不會再像以前那般幼稚，我一定會下死工夫把咒術學會，如果學不成功，我不會回來的！」聞喜說完抽出被母親緊握的雙手，提起行李和母親告別。

他和那兩位年輕人走在家鄉的黃泥地上，頻頻回頭和母親揮手，看看那日漸荒涼的四柱八梁大屋，母親的身影漸漸變小，家也慢慢退到山壁下，一股離鄉背井的孤寂油然而生。他突然有種預感，這次的別離，可能就是他和母親最

後一次的會面了，從此以後，他大概不能再見到自己最親愛的媽媽了。

沿途，聞喜把馬和染料分別賣給當地的富翁，換得黃金做爲旅費。過了波濤洶湧的雅魯藏布江，他們轉向衛地而去，這一路上，他們開始向和尙們打聽，衛地有沒有精通咒術、誅殺術和降雹法的高人？

問了好久，有一位和尙告訴他們，在波通這個地方，有位名爲雍同多甲的喇嘛，他是得了咒術和誅法大成就的密咒行者。

聽到這個好消息，大家都興奮不已，急急趕路往波通去。抵達波通隨便找人問問，就尋到雍同多甲上師的住處。他們和早他們半天抵達的另一批學生，一同向上師頂禮，每個人都獻上自己帶來的供養品。聞喜把巨星光大松耳石、黃金和他身上所有能拿得出來的東西，全部供養了上師，然後跪在地上誠誠懇懇地向上師稟明：

「尊貴的上師！弟子不但將這些金子、松耳石全都供養了上師，就連我的身體、我的心念、我的一切言行也都奉獻給您。師父啊！求您老人家傳授我最強、最高明的咒術。因爲，我的親戚和鄰居們對我的家庭做出極殘酷的事，我要用咒法來誅殺他們！求師父成全弟子。」

「哦！你來求法的目的是要報仇。不過，我可先警告你，咒術裡面的誅殺法十分難修，你受得了嗎？」雍同多甲師父以探詢的神態問著面前這位求法若渴的年輕人。

「受得了，再大的苦，弟子也會心甘情願地承受。只要能報仇，就是上刀山、下油鍋，弟子也不怕！」聞喜是鐵了心腸，此仇不報，死不瞑目。

「好吧！我們就試試看囉！」

雍同多甲師父口頭上輕鬆地答應了。可是，實際上，他並沒有傳給弟子們最深奧的惡咒術，他只教了一、兩個簡單的惡咒語，其他的則傳了一些口訣和修行的方法。僅僅這一點東西，雍同多甲師父花了一年的時間才傳授完。

得了這些咒法，那些同學們覺得已經夠用了，他們愉快地準備行李要返回家鄉。雍同多甲師父爲了祝賀弟子們學有所成，特別送了他們每人一件衛地出產的羊毛衣。弟子們歡天喜地的謝過師父，就要回到溫暖的家去了。

「聞喜！怎麼還不收拾行李呢？」有人問在一邊發呆的聞喜。

「哦！我沒有信心可以對付家鄉所有的壞人，我想留下來請師父再傳我一些凶猛的惡咒。」聞喜老實地回答。

「何必非要把人家弄到死呢？給他們一點教訓就可以了。」有同學勸他。

「不行！我母親特別叮嚀我，假若我不能咒死那些害慘我們家的壞人，她就要自殺，你們說我還有其他的選擇嗎？」

「唉呀！聞喜！師父不是說了嗎？他教給我們的這些咒語、口訣已經非常深奧了，再也沒有比這更深妙的東西。有了這些寶貝，回到家鄉之後，我們相信，那些尊貴的身分、地位、名譽都屬於我們的了！」一位同學接著勸他。

「我的需要和你們不一樣，你們沒受過像我這般的羞辱，不能體悟我的心情，你們先回去吧！我還要再向師父求更高深的法術！」聞喜何嘗不想回家？只是任務未了。

同學們知道說不動他，一夥人到上師面前禮拜告別，聞喜穿上師父送的羊毛衣，站在門口，等同學們出來，他就伴著這群朝夕相處一年多的朋友走了一程，然後揮別朋友，他又返回師父的家。

在他回程的路上可以看到滿地牛糞，這正是田裡最主要的肥料來源。聞喜心想，反正我也沒有什麼東西可以供養師父了，就拾些牛糞，替師父灑在田裡，做爲對師父的供養吧！

心意既定，他立刻彎腰抱起一地的牛糞兜在懷中，直到雙手抱得滿滿的爲止。他挑了師父最好的一塊田，把牛糞搓細碎了，再仔仔細細地灑布在田裡每一吋泥土上。

送走弟子的雍同多甲休息了半天後，準備到田裡翻土施肥。當他要去取農具時，在窗口瞧見徒弟聞喜已踩在田中央爲他工作了，他轉身回到客廳，對廳中另一批弟子說：

「到我這裡來求法的弟子很多，卻沒有一個像他那樣有心用功。等他回來，我再試試他的心意！」

弟子中有人把師父的話告訴了聞喜，讓才踏進門的他歡喜極了。他急忙來到上師面前，脫下師父送的羊毛衣，跪在地上不起來。

「聞喜！你爲什麼不回家？」

「師父啊！弟子實在有很大的苦楚。只因為，我的堂伯和姑媽奪去我家所有財產，又帶了鄰居們嘲笑我的家人，虐待我們母子三人。我們沒有力量打他們，所以母親變賣了她所有的財產，送我來學咒術，好替我們家報仇。她說，假如我的咒術不能咒倒整個村子，她會死在我面前的。師父啊！求求您！請把最厲害的咒語傳給我吧！」

師父半信半疑地瞧著面前這位求法若渴的弟子，他真的有那麼大的仇恨要報嗎？真是有如此喪心病狂的親人嗎？為了證實弟子的話，他悄悄派了人到貢通去查訪。在查訪期間，師父依然要求聞喜複習他以前所傳的口訣。

兩天後，上師把聞喜招到跟前來。

「聞喜！想不到你竟有這麼可憐的遭遇。好！從今天起，我傳你兩個極厲害的大密法，你可要用心記牢。不過，為了加強你的力量，我將送你到我一位最要好的朋友那兒。他也是位喇嘛，精通降雹法，也精通醫術，等你把這些法術學會了，保證你可以一口氣毀掉整個村莊的。」

聞喜聽後，快樂地直朝師父叩頭，他終於可以完成母親的心願了。

他在雍同多甲師父那兒學會了殺法及毀法後，師父替他準備了許多禮物，然後由師父的大兒子陪著他一起到會使降雹法的古容巴喇嘛家去。

古容巴喇嘛接納了聞喜，爲了求法的祕密，喇嘛叫他們兩人在山腳下，人們看不見的地方搭建一座修行法堂。

聞喜和雍同多甲師父的大兒子在極隱閉的山腳下尋到一個僻靜的地方，兩人合力搬來巨石，堆疊出一座聊可避風雨的簡陋法堂。

古容巴喇嘛在這法堂裡傳授聞喜可怕的誅殺法，這法術不但能殺人，更能降下如石塊般堅硬的大冰雹來。

聞喜在法堂內修了七天誅殺法，古容巴喇嘛告訴他，七天的時間已經夠了。可是，聞喜深怕自己功力不足，他懇求喇嘛再讓他多修七天，喇嘛拗不過他，只好讓他再修七天。

到了第十四天晚上，喇嘛到法堂對他說：

「今天晚上，你所修的誅法將有收穫了，趕快向護法神稟明你所要誅殺的人吧！」

果然，當天深夜，護法神手中提了三十五個人頭和他們的心臟來到法堂給聞喜看，聞喜當場就流下淚來。這班趨炎附勢的小人，到了死後，那臉孔還是如此諂媚卑賤，看了令人作嘔。

隔天清晨，喇嘛到法堂問他：

「人，沒有殺錯吧？不過，爲何你在兩個人的名字下面加註了記號說明下次再殺？護法神也問你，什麼時候才要殺他們？」

「都殺對了，謝謝喇嘛！留下來的兩個人是我堂伯和姑媽，我要讓他們活在世上，看看自己的報應，請護法神放過他們吧！」聞喜一面拜喇嘛，一面解釋。

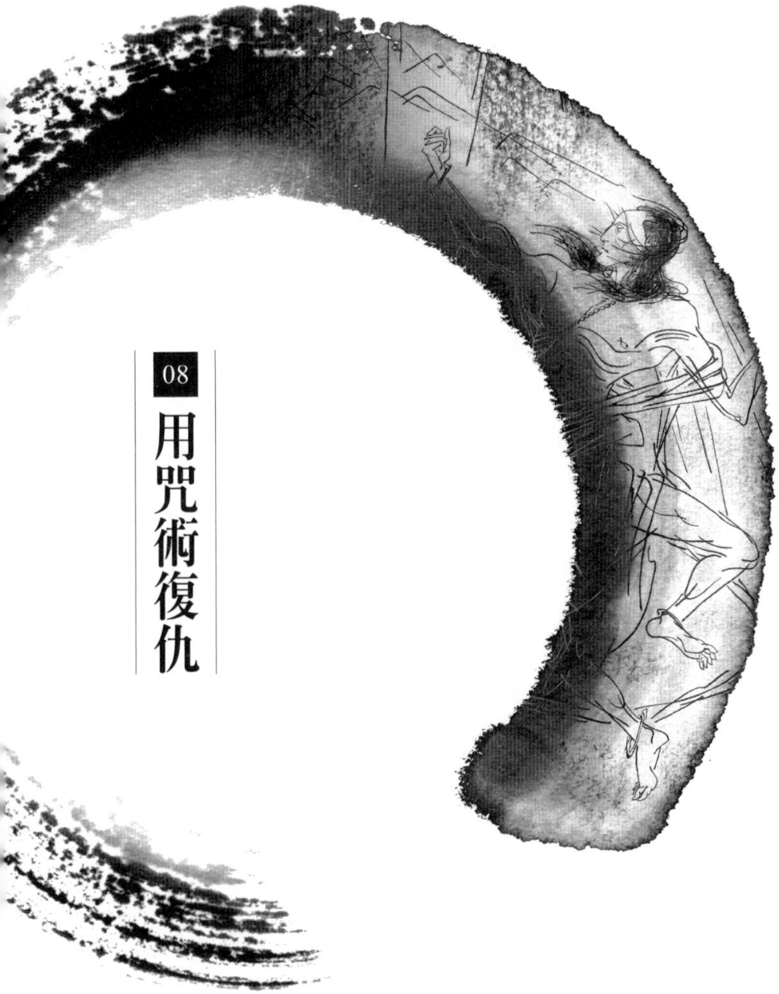

08 用咒術復仇

聞喜修誅法的第十四天，恰好堂伯的大兒子娶太太，堂伯邀姑媽和村中他那三十多個死黨回嘉俄澤老家參加結婚大典。有些以往沒有欺負過聞喜他家人的鄉親們，也被姑媽邀去幫忙。

堂伯風風光光地回到老家，以前的老鄉親們紛紛來道喜，整個嘉俄澤像過年節一般熱鬧。堂伯的舊居雖然很久沒有人住了，可是經過刻意的清掃和裝飾，竟也顯得富麗堂皇，一副王公貴族的氣派，叫那些遠遠蹲在帳篷底下幫忙的貢通村人十分不齒，紛紛低聲議論堂伯和姑媽的惡霸行爲。有人說，如果聞喜的咒術不靈的話，因果報應的法則也該降臨在他們身上。

琵達妹妹遠遠地跟著這群人回到嘉俄澤，她趴在山頂上望著堂伯紅光滿面地穿梭在客人中間，故意裝腔作勢發出豪邁的笑聲，好像自己就是嘉俄澤的王一樣。此刻，縷縷肉香、酒菜香瀰漫整個村莊，讓琵達妹妹久未沾肉腥的腸胃，如同被毒蛇咬住似地隱隱絞痛著。

突然，一聲震天巨響，琵達眼前揚起朵朵似雲般的灰塵團。尖叫聲、哀號聲，夾著血腥味撲面而來，堂伯富麗的屋子，剎那間變成一座可怕的殺戮戰場。斷梁上叉著屍體，殘壁上掛著滴血的肢幹，人們哭喊著在倒塌的屋子四周找尋自己的親人。

琵達揉揉雙眼，根本不敢相信，幾秒鐘前的完美、富足，霎時成爲一片淒涼的墳場。她飛奔回家，一五一十地向母親報告她所看到的一切。

母親心中一喜，急急趕往現場探看。這一看，她高興得幾乎發了狂，忙撕下自己的衣裳，把它綁在樹枝上，舉著這支汗黑的破布旗到處跑。她一面搖著旗子，一面狂笑著吶喊：

「大家看啊！鄰居們！鄉親們！密勒蔣采的兒子來報仇了！我白莊嚴母穿破衣、吃狗食，供我兒子去學咒術。看吧！我的目的達到了！是他們叫聞喜去放咒術的。哈！放得好，能讓我在有生之年看到他的成就，我眞是高興死了！哈哈！我一輩子也沒這樣快活過，哈哈哈！」

母親由白天喊到黑夜，再由黑夜叫到天明，嘉俄澤和貢通的村民全聽見她的話了，大家從不信轉而爲厭惡、害怕。雍重蔣采家會無緣無故的倒塌，而且一口氣壓死三十多個人，聞喜這小子果眞學會了咒術，可以輕易殺死他的仇人了！大家集合在貢通聞喜堂伯家前開會，有人提議：

「這個瘋婆子指使她兒子去學咒術，害死這麼多人，她還高興地四處傳播，太沒良心了！我們把她抓來，挖出她的心肝，看看究竟黑到什麼程度。」

「不行呀！如果我們殺了那瘋女人，不是更叫她的兒子恨我們嗎？那時候他會咒死我們全村的人，爲了永絕後患，我們得想法子先殺死她兒子聞喜，然後再來殺這個瘋婆子，這才不會有殺身之禍呀！」

痛失親友的堂伯，咬牙切齒望著聞喜舉旗狂吼的母親，他恨恨地四下找尋利器：

「我兒子死了，媳婦也死了，我不想活了，讓我去殺死那瘋婆娘吧！」

村人們死命拖著他，警告他，就是因爲他的貪心才惹出這件悲慘命案。假如他固執地非殺死白莊嚴母，村人們要先殺死堂伯，憤恨難消的堂伯在大家的勸阻下悻悻地掉頭回屋內。

村人們圍在一起商量看要如何殺掉聞喜，這件事情被舅舅的一個朋友知道了，偷偷地告訴舅舅。舅舅急忙趕到聞喜家裡，劈頭數落了他母親一頓：

「看你昨天幹的好事，要害死你們全家人了！你知道嗎？村人們正在商量用什麼方法來殺掉聞喜和你呢！」

「哦！這群可惡的小人啊！他們怎麼不想想那個雍重蔣采和瓊察巴正對我們的無情無義？聞喜只做了這一件事，他們就要置我們於死地，唉呀！這冤仇怎麼算得清呢？」聞喜的母親沒料到竟然惹來殺身之禍，淚水又流下了。

「現在，我也保護不了你們了，你得趕快想法子躲起來吧！」舅舅深鎖雙眉，無奈地嘆口氣離開他的妹妹。

母親等舅舅後腳一走，就以最快的速度關緊所有的門窗，因爲這四柱八梁大屋建得十分牢固，石頭和木棒沒辦法撼動它的。更何況，關了門窗表示屋內無人，可以矇騙一下尋仇的人。

但是，躲在屋裡的母親心情愈來愈惶恐，她不安地在屋內來回踱步，死亡的陰影奪去她暫時得來的報復後的快樂。她喉頭發乾，心頭發燥，她覺得自己眞的快瘋了。

就在母親一籌莫展的時候，妹妹琵達帶了她們家以前的女佣從後門溜進來，女佣告訴白莊嚴母，村人們要先刺殺聞喜，等聞喜死了才要殺她。母親稍稍放了心，現在，她只要集中全力營救自己的兒子就好。

她七湊八挪地弄到七兩黃金想親自送給兒子，正好有個瑜伽行者要回衛地去，她留住那位修行者在家小住，並請求他帶信給聞喜。聰明的母親爲了要避開村人的耳目，她小心翼翼地設計出一個周詳的計謀。

藉著要爲修行者縫補衣裳的機會，她把七片黃金縫進那人的衣裳後背裡，再用一塊黑布把藏金的部分擋住，在這片黑布上又用白色粗線繡出六個小星星，然後用布蓋住這些星。做完這些，她寫了封信附在衣裳上。

「年輕人，這件衣裳已經補得非常牢固了，它可以讓你再穿十幾年的，現在我想請你把這封信帶給我在衛地修行的兒子密勒聞喜。哦！還準備了一點薄禮給你，算是答謝你送信的辛苦！」

瑜伽行者穿上衣裳，拿了信和禮物回衛地找聞喜了。白莊嚴母趁機又寫了另一封信，說是兒子託修行者帶回。她模仿兒子的口氣寫著：目前功力大進，若有人要欺負母親和妹妹，他一定會盡全力報復的；又說，現在他很有錢，希望母親和妹妹來與他同住。

這信由舅舅轉到村人手中，大家傳著看。不久，村人就打消了要殺他們母子的計畫了，並且還逼著堂伯交還他家門口那片密勒蔣采買的第一片土地——俄馬三角田。

瑜伽行者到了衛地見著聞喜，把他母親的信交給他，聞喜匆匆拆信閱讀，信上這樣寫著：

「家人都好，你的咒術應驗了，仇人死了三十五個。可是，聽說村人要先殺你，然後再殺我，所以，你必須時時提高警覺。既然村人如此恨我們，我們不能原諒他們，你可以降冰雹來教訓他們，才能讓我消心頭的憤怒，假如你的學費不夠，你可以在向北面的山上，黑雲深處，有六顆放光的星星，那裡有我家七個親戚，你向他們拿就好了。如果你不知親戚住哪兒，可以在修行者身上找。」

聞喜看了信之後，被弄得莫名其妙，北面的山？西藏地區到處都是山，北面的山有幾十座，是哪一座呢？又看到信中提到有人想殺他、殺他母親，他焦急得沒法思考，只得拿著信去見古容巴上師。上師看了信，搖搖頭說：

「殺了三十五個人還不滿意，又要求降雹，你母親的瞋恨心很強啊！信上說你有親戚在北方，你知道在哪兒嗎？」上師關心地問。

「我從不知我有親人住在北方，可是，我媽的信偏偏又這麼寫。她說，如果我不知道，可以問修行者。但是，我問了半天，他也不知道我有什麼親戚住在北方。」

正當師徒兩人在研究這封信的時候，上師的妻子名叫智慧也在旁邊，她拿了信看了一遍，就要聞喜把那修行者請到大廳來。智慧師母燒了一大盆火，把整個房間烘得暖洋洋的，修行者熱得汗水直冒，師母就請修行者脫去衣裳，順手披在身上，說了些讚美衣裳的話。修行者歡喜地烤火吃肉，和聞喜師徒們聊天，師母就披著衣裳上樓去。不久，師母下了樓，請修行者吃晚飯。

吃過飯後，師母招來聞喜，塞給他七兩黃金，聞喜訝異極了，平白無故的，自己怎會有金子呢？師母笑著向他解釋母親信中的謎語：

「你母親眞聰明呀！她把黃金藏得那麼好，信上說北向的山中，北向就是太陽照不到的地方，修行者衣服的裡層就是見不到陽光的地方啊！而黑雲指的是黑布，六星放光，就是用白線縫的六個星星，七個親戚當然是七兩黃金了。它們都在修行者身上，帶得這麼安全妥貼，眞不容易啊！」

聞喜歡喜極了，他把一些金子供養師父和師母，又送了一點金子給修行者，接著，他向上師求降雹法。

「降雹法，這法術你只有回去求雍同多甲喇嘛教你了。」古容巴上師說完就爲他寫了封信，再準備一些土產讓聞喜帶回波通去。

回到波通，聞喜把所剩的黃金供養給雍同多甲喇嘛，懇求喇嘛傳他降雹法。雍同多甲喇嘛被他的誠心所感動，指導他在練法堂中修了七天的降雹法。

在滿七天的時候，他看到法堂對面的山石中鑽出一縷黑雲，黑雲結成一團恐怖的摧毀之花，花中蹦出電光放著陰森之火，雷聲霹靂猶如大山將要傾倒。他知道，這朵雲可以降雹了，他已經具備降雹的本領了，只是，他希望自己功力更好些。尤其是，他必須在家鄉麥子收成前一個星期左右，降下冰雹，毀掉

村人們的心血和希望。所以，他繼續修練，絲毫不敢懈怠。

日子到了，他和另一位同學化裝成朝山僧人，一同朝家鄉走。這一年，家鄉的麥子長得異常豐美，村人們約定，要一塊兒開個慶祝會，然後一同收割，這正吻合聞喜的心意。他們在溪流的上游處建了個法壇，準備好咒術要用的各種材料，然後他開始作法。那時候，天空是萬里無雲，聞喜大聲呼求護法神，並且痛哭流涕地陳述村人們的惡行惡狀。只一會兒，不可思議的事發生了。

空中沒來由地出現一團漆黑的烏雲，在半空中翻騰著，漸漸形成一大片濃厚的雲層，雷電交加，恍如世界末日降臨。剎那間，大如石塊般的冰雹密密實實地砸在每一吋田地上。緊接著，溪水暴漲，冰冷的洪水狂洩下山，把打爛的麥田沖得寸土不留，更露出底層的岩塊。村人們眼睜睜地看著一年來辛勤耕作的心血被掃得片草不存，他們都伏在地上嚎啕大哭，每個人都明白這是誰的傑作。

等風雪稍停，村人們帶著獵犬和棍棒到山上找聞喜，聞喜的同學力大無窮，藉著這個機會好好地戲弄了村人一陣子，貢通村人對聞喜是又畏又恨的。

* * *

「師父，密勒日巴尊者做了那麼多壞事，他一定很難過，否則他不會去修這種苦行的。只是，他是因為什麼原因才改過的呢？」淨智問。

「問得好！我們向雍同多甲喇嘛去找答案吧！」

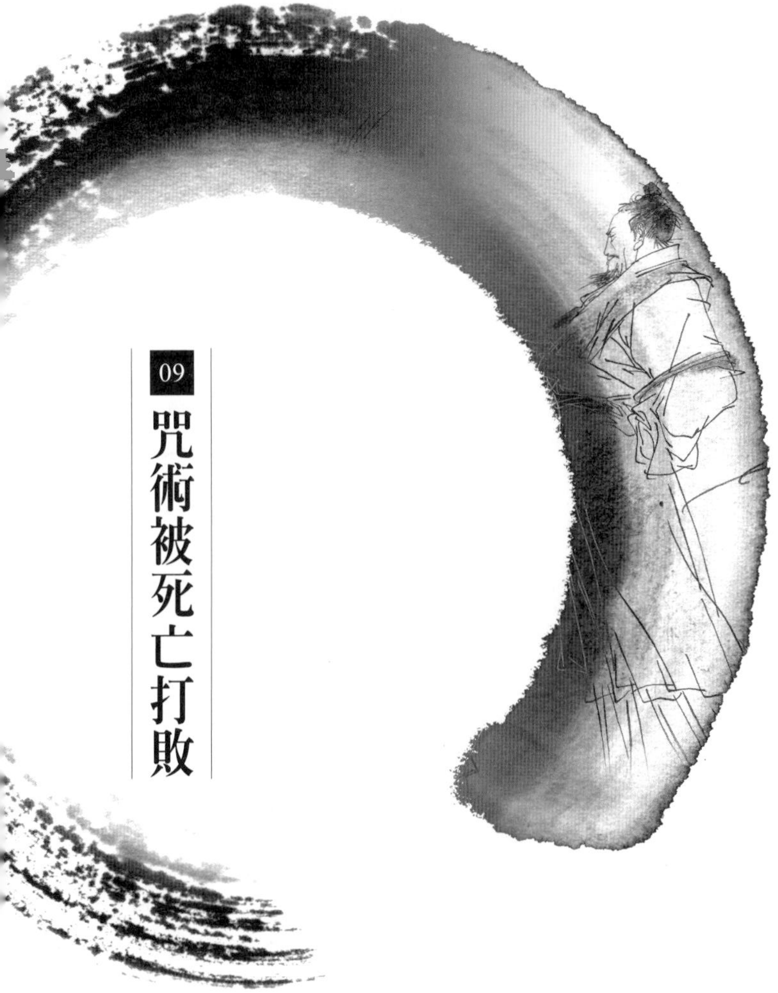

09

咒術被死亡打敗

雍同多甲喇嘛背著一口大袋子匆匆趕路，他急著要去迎救他一位既忠心又富裕的在家弟子。

「上師……，啊！我好痛苦……。您要救我！救我！」病人聲音沙啞，臉上布滿痛不欲生的表情。

「放心！放心！我一定救得了你！」

雍同多甲喇嘛打開布袋子，取出琳琅滿目的法器，在病人床前設起法壇，認眞地爲病人除去魔障，消災納吉祥。他一連忙了七天七夜，用盡所有法術，可惜的是，這個信徒還是救不了。

雍同多甲喇嘛第一次嘗到束手無策的絕望滋味！他難過死了，想不到自己渾身超凡的咒術卻無法挽救生命。含著淚，他收拾好所有法器，默默地回家。

聞喜從頭到尾看到自己最尊重的師父被死亡打敗，他開始覺得害怕和懷疑。這位信徒死得很痛苦，淒厲的哀號，企盼的眼神，一直縈繞在他胸際，人的生命竟是那麼脆弱，縱使再高明的法術也無法使死亡的人復生。

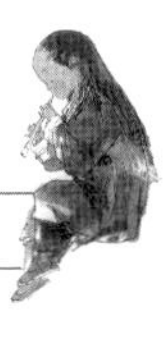

「唉！人世間的一切果然都不是恆久不變的，我以爲四十年苦修的功力可以改變大自然的定律，讓一切事物永遠不變。我，我錯了，大錯特錯！你看見沒有？他死了，但是，他的靈魂在怨恨我，恨我不能救他，讓他白花了那麼多的供養。」喇嘛邊走邊嘆氣。

「師父，您看見他的靈魂了？」

「當然，萬物都有靈魂，我從他的眼神中看到他可憐的靈魂。孩子，我們放咒、降雹，害死數不盡的生靈，我們的罪業深重啊！」

是啊！殺生罪是沒法原諒的，這一點聞喜老早就知道了，可是爲了報仇，他沒有選擇的餘地。

「孩子，自作孽，自己受！」師父語重心長地說。

「師父，難道您不能把所有被我們殺害的生命超度到永不輪迴的淨土世界去嗎？」

「啊！假如我有這麼高強的工夫，你就不會看到剛才我那信徒痛苦不堪的死亡經歷了。聞喜，你還年輕，趁早改修正法吧！找一位能使你了生脫死的上師，好好消除你的罪障，救度你到淨土世界去。」

雍同多甲喇嘛的話像一柄大鎚，猛地錘上聞喜徬徨、恐懼的心靈，他覺得心底生上一股莫名的情緒，是前所未有的失落感。他慌張極了，因爲他失去最後的依靠，轉頭看看師父，他老人家垂首而行，無限的蒼老落寞刻畫在老人身上。啊！想不到幾天前老人家還意氣風發，精神奕奕地教導聞喜如何放咒，如今卻變成如此，難道人世間眞的是無長久的事物嗎？

「孩子，我送你去修習正法，等你修道成就，一定要回來度我。你拜師所需的金錢、衣服、器具，我會替你準備好的，放心去吧！」

雍同多甲喇嘛緊握著聞喜的手，好似把一切希望都交付在他手中一樣，聞喜看著師父憔悴的面龐，忽地想起遙遠的家鄉，他孤獨無依的母親不也正像師父老人家一樣，都淹沒在無知的恐慌裡。

「師父，您的心不安嗎？」

「嗯！我不但自己殺人，還訓練你們這一群小徒弟去殺人，我的罪大概好幾輩子都洗不乾淨。聞喜，別像師父一樣，你的大仇已經報完了，我希望你能找尋眞正可以安心，更可以救度人心的正法，你能答應我嗎？」

「師父，我會聽您的話的！」

「記得呀！修成正法之後，一定要來救師父！」

「師父您放心！」

帶了雍同多甲喇嘛爲聞喜所準備的供養品，聞喜在察絨這一個地方找到師父推薦的紅教大師——雍登喇嘛修行的寺廟，可是喇嘛不在。家人說，他在寧拓惹弄的分廟裡。聞喜有些失望，他苦苦懇求喇嘛的家人，希望能給他一個機會，成爲喇嘛的弟子。家人們被他的誠心所感動，帶了他到寧拓惹弄去拜見雍登喇嘛。聞喜見到喇嘛立刻獻上所有供品，並且說：

「我從上方來的，是個滿身罪惡的人，請上師大發慈悲，傳我一個今生今世就可解脫輪迴的法門。」

「嗯！看你也是個有心人，好吧！我傳給你成就的大法。注意聽著：法的根是本性殊勝❶，法的大道是獲得殊勝，法的果就是使用殊勝。這三種殊勝，你白天用心去思考、分析它，可以在白天得到成就；若是在晚上去思惟它，那就在晚上得到成就。一個根基好的人，前世曾聽聞佛法，並曾修行過的人，或是前世種下許多善因的人，他們不必去思考，只要一聽到修行的方法，立即就可解脫，我把這個大法傳給你吧！」

密乘傳法一定得受上師灌頂，如此才可得傳承祖師之加持，更能得金剛護法神的幫助而修得正法。雍登上師立即爲聞喜灌頂，並教他口訣及修行的方法，要他如法修行。

聞喜得了大法，心裡開始有了盤算。以前，他修咒術和降雹法，只花了十四天，甚至七天就可以看到成果。現在，上師傳的法比起咒術和降雹法都要簡單，只需早晚用心思考，就馬上能得成就。他又想，自己應該是有大根基的人，前世必定修得不錯，所以，才能得到這種簡便易修的法門。傲慢的心漸漸使他怠惰，不肯好好依照上師的話去修行。

他就這樣逍遙自在地過了許多天。

一回，上師來看他的進度，從他的言行中，上師所能得到的只是他更加深重的罪障，上師對他說：

「你曾說，你是打上方來的大罪人，眞是一點兒也不誇張。我的法對你來說可能太大了，我不能導引你，你現在立刻到羅白杰克一個叫做札絨的地方，去皈依印度大修行者那諾巴的親傳弟子——馬爾巴尊者，他修的是新派密宗，得了三種了不起的大成就，他和你前世有緣，你快去找他吧！」雍登上師看出聞喜該走哪條修行的路了。

聞喜乍聽馬爾巴尊者的名字，突然覺得全身汗毛直豎，眼淚抑不住地拚命往外流，心中充滿無限的歡喜及虔敬的信心，他巴不得馬上能見到馬爾巴尊者。隔天，他帶著旅行時所需的口糧和雍登上師的介紹信，直奔馬爾巴上師的住處。

＊　＊　＊

原來這就是密勒日巴尊者少年時的經歷，三個孩子看得目瞪口呆，再也不知該如何向師父提出心中的問題。

「想不想知道馬爾巴上師有沒有傳法給密勒日巴尊者？」講話的居然是大心法師，剛才他到哪兒去了？

「想，想啊！他離家出走之後會怎麼樣？」淨勇問。

「好！我們繼續進行時光旅行！」

❖ 註釋 ❖

❶ 殊勝：超凡而稀有的事情。

10 改投師門

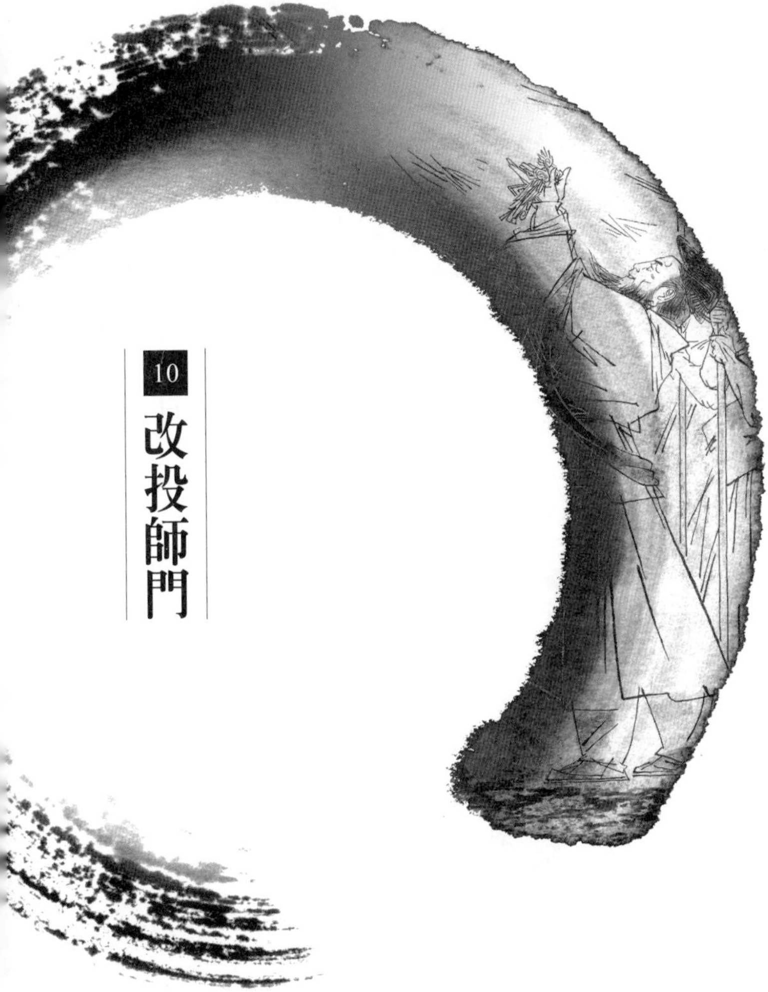

師母一見大力走了，她急忙去見自己的丈夫。
「那個你專門給他苦頭吃的人已經走啦！」
「啊！」上師一聽，臉色刷地變成蒼白。
「我口授傳承的歷代上師，空行及護法啊！請指引我那前世就有好因緣的弟子回來吧！」說完就合掌祈禱，淚如雨下。
在一邊的師母簡直被弄昏了頭，這上師究竟有沒有問題呢？她搖搖頭，留下盤坐法堂的丈夫，回到田裡工作。到了中午，打算休息了，遠遠地傳來呼喚師母的聲音，她豎直腰看著聲音傳來的方向，啊呀！來人豈不是那乖巧的大力嗎？
「大力！快呀！上師這回可能會傳法給你！」
師母拉住徒弟，高興地把上師怪異的言行述說了一遍，兩人有說有笑地回了家，師母立刻帶著大力去見上師。
「大力，求法不能性急，不可以胡思亂想。眞正想求法，是可以爲正法犧牲性命的。去替我蓋一間三層樓的房子，要是你不想做，隨時都可以走！」

上師冷冰冰地迎接，令他十分失望，他沒答腔走出法堂，直接去見師母。大力覺得上師每次要他蓋房子，蓋好後再傳法，可是，次次都不傳，還要被打罵，實在太不厚道了，他正式辭別師母，準備回家侍奉母親。

「大力，你眞可憐，我一定要幫你找個好上師，圓了你想求法的夢。俄巴喇嘛是上師的大徒弟，他得了成佛的密法，我想個法子送你去。」

每個月初十，修密的行者都要舉行一次擴大集會，修薈供，供養諸佛，念誦儀軌❶。這天，師母拿出三種濃度的麥酒，宴請會眾。在法會後，請上師喝濃酒，其他喇嘛喝普通酒，而師母和大力喝最淡的酒，結果上師和喇嘛們全喝醉了。師母趁機溜進上師寢室，從上師隨身的小手提箱中拿出上師的印章，以及那諾巴大師傳給馬爾巴上師的飾品和紅寶石印。師母將一封早上寫好的假信偷蓋上師的印章，然後把信、紅寶石印及那諾巴上師的飾品用最好的布包住，密密地封好。

「大力！你就說這是上師送給你做為供養俄巴喇嘛的。現在，你趕快去俄巴喇嘛家。」

大力一走，馬爾巴上師當然找不到他蹤影，就問師母：

「大力呢？」

「他走了！」師母故意把話說得很嚴重。

上師聽完，臉色又苦了，急急詢問師母大力離家的日子，知道時間，上師的心就定了。

大力來到俄巴喇嘛的住所，喇嘛正在對其他喇嘛講《喜金剛本續❷》經文，大力向俄巴喇嘛說：

「因爲馬爾巴上師很忙，沒時間傳法給我，所以上師要我帶了那諾巴大師的佩身飾品和紅寶石印章，做爲許可求法的證據。」

俄巴喇嘛聽到有那諾巴大師的佩飾和紅寶石印章，他歡喜得直呼：「稀有！稀有！」

連忙要眾人到廟裡把華蓋❸、勝幢❹、樂器拿出來，以最盛大的禮歡迎大力進殿。大力頂禮後，供養了禮物，俄巴喇嘛激動不已，流著淚把那諾巴大師的飾品戴在頭上。祈請加持後，把它供在壇城中央，再用各種美好的物品供養

著。等一切做妥，大力呈上師母寫的假信。

俄巴喇嘛看完信，高興極了，願意收大力爲徒，但是……。

「啊！大力！在雅絨，恰抗和打開通這些地方，常有喇嘛要到我這裡來，只是那一帶土匪很多，常侵犯他們，你去降雹教訓教訓那群土匪，然後，我就爲你灌頂。」

老天爺！又要降雹殺人了？可是，拜了師就要遵從上師的話，在不造業和遵師命間，他選擇了——後者。

準備好修法的材料，以咒語加持後，他帶到上師指定的村莊去，修完了法。當冰雹要降下來時，他躲進一位老太太家，老太太看到窗外密佈黑雲，雷電交加，米粒般的冰塊像箭矢似地直射田園，她慌得大哭，口中直嚷著：老天爺爲何要奪去她生活的依靠？

大力看到這情況，心中萬分懊惱，自己又造業了，他趕緊要老太太畫了她田地的位置及圖形，立即結印修法，用個鍋蓋蓋住老太太的田。等冰雹下完，村莊裡起了大洪水，把所有的田地沖個精光，唯獨老太太的田依舊生意盎然。

聽說日後再降雹，那塊田總不被冰雹毀損。

在歸途上，大力遇到兩個牧羊人，他們的牛羊全被水沖跑了，正傷心地埋怨上天，大力向他們嚴重警告，不可再搶俄巴喇嘛弟子了，否則，他會再降冰雹的。牧羊人嚇得四處傳遞信息，從此以後，這裡就平靜了，而且村莊裡的人，漸漸成了俄巴喇嘛的信徒。

大力一路上拾了許多被冰雹打死的鳥屍和鼠屍，脫下衣裳包住牠們，將一大包屍體堆在俄巴喇嘛面前，哭著說：

「上師啊！我是來求正法的，怎知又造了惡業，請上師慈悲救救我這個大罪人！」

「大力！別擔心，那諾巴大師的法門有大加持力，能使大罪人在清淨的法性裡超度。我有一個法，能在一剎那使幾百隻鳥獸解脫，這一次你降雹所殺的眾生，在你成佛的時候，都將往生到你的淨土。在牠們還沒往生之前，靠我的力量，不致墮入惡道，不信你看！」

俄巴上師說完垂目靜思，就在一彈指間，所有鳥獸的屍體都活過來了。大力目睹上師這麼神奇的道行，心裡實在羨慕，一時後悔自己殺得太少了，不然，經上師這麼修法後，可以多度些眾生呢！

俄巴喇嘛傳了法也灌了頂，大力開始在山洞中老實修行。但，修了老半天，他總覺得自己沒有進步，俄巴喇嘛每隔一段時間都會來探問他，有沒有什麼感覺？得了什麼收穫？他都無言以對。

俄巴喇嘛感到奇怪，因爲在那諾巴大師法統傳承裡面，修行者只要不犯戒律，一定可以修出成就的，爲啥大力總修不好？喇嘛喃喃地自問。

「我有馬爾巴上師的親筆信，又有印章和那諾巴上師的飾品，他怎麼修不成呢？」

俄巴喇嘛的話使大力十分惶恐，他知道假如沒有馬爾巴上師親自下的許可，他就得一輩子空修了。

馬爾巴上師要替兒子造間木屋，商請俄巴喇嘛送些上好的木料來。於是，上師寫了封信，說明自己的需要，並在信尾特別提到大力。上師說，大力是大壞蛋，請俄巴喇嘛非得送大力回上師家不可，否則，上師要生氣了！

這封信，才使俄巴喇嘛恍然大悟，大力並未得到上師親自下的許可，難怪他再怎麼用功修行，都沒有收穫。隔幾天，有人從馬爾巴上師那邊來，爲大力帶來一對泥做的骰子，那喇嘛說是師母交代的——大力愛玩骰子，他忘了帶。

大力握著骰子心中想，他從未在師母面前玩過這東西，爲什麼師母要這麼說？他又想起，他的祖父因爲好賭，擲了幾把骰子，而落得變成流浪漢。想到此，心情就非常痛苦、激動。結果，一失手，骰子掉在地上，碎成好幾片。他低頭準備撿起碎片時，碎片中露出一張紙，他拿起來一看，上面居然是師母的字跡：

「徒兒！上師會傳你口訣，爲你灌頂，快跟俄巴喇嘛回來！」

大力看完紙片快樂地在修行的洞中打轉，終於得到上師的關心了。

俄巴喇嘛準備好一切所需物品，卻留下大力帶來馬爾巴上師的加持品。其他一切東西，包括佛像、經典、法器、黃金、日用衣物，凡是可帶的全打包好了，唯獨放著一隻跛腳的老山羊守著空屋子。所有的東西，俄巴喇嘛都要拿來供養馬爾巴上師。俄巴喇嘛給大力一匹綢布，讓他也能供養上師，喇嘛的妻子送他一袋酥油點心，讓他可以供養達媚瑪師母。

一行人浩浩蕩蕩地出發了，當他們快接近上師家的時候，俄巴喇嘛說：

「大力！去告訴師母，我們來了，看看能不能討杯迎接的歡喜酒喝！」

大力立即跑去見師母，奉上點心，傳達俄巴喇嘛的話。師母高興地直打量面前的好徒弟，她笑著要大力先去向在睡房打坐的上師請安，並且爲俄巴喇嘛討杯歡迎酒。

大力心驚膽戰地走進上師房中，上師正坐在床上面向東方打坐，他立刻面對上師禮拜，並奉上綢布。可是上師不理他，轉身坐向西方，大力想禮拜，卻都給上師躲掉了，大力只得稟告上師：

「上師！您可以譴責我，不受禮拜，可是，俄巴喇嘛帶著身、口、意及全部財產來供養您，他希望您賜一杯歡迎酒，請您大發慈悲，滿他的願吧！」

這話不說還好，當大力話才停，馬爾巴上師立刻傲慢地大聲罵起人來，把俄巴喇嘛批評得一文不值，大力一看，苗頭不對，急忙回到師母那裡，把經過情形告訴師母。

「唉！上師的脾氣實在太壞了！俄巴喇嘛是個了不起的人，我們母子兩人去迎接他吧！」

師母說著帶了幾個喇嘛，拿許多酒去接俄巴喇嘛，才算解決這件事。

在建屋前，馬爾巴上師開了個慶祝會，當上師以歌頌祝福過之後，俄巴喇嘛隨即供上所有的東西。

「上師啊！我的身、口、意全屬於您老人家，這一次來，家中只剩下一隻跛腳的老山羊，請您傳我最深遠殊勝的灌頂和口訣，那就是最祕密的耳承派❺奧義口訣。」

馬爾巴上師心情愉快，他笑呵呵地回答：

「呵呵呵！深遠殊勝的灌頂和口訣，正是金剛乘密宗成佛的捷徑，依口訣好好修，此身就可以成就了。你要求法？雖說老山羊是又老又跛，不拿來仍然不能成為全體供養，我的口訣不能傳給你！」

俄巴喇嘛為了求法，立刻親自跑回家去，把那老山羊扛了過來，馬爾巴上師很高興。
「祕密眞言派的修行者就要像你這樣。其實，一頭老山羊對我有啥用？我這麼要求不過是奉法、重法而已。」
上師滿了俄巴喇嘛的願，傳他最高深的密法。幾天後，從遠方來了幾位喇嘛，大家集合做薈供。法會上，馬爾巴上師不知爲何在身邊放了根很長的旃檀木棍，還沒開口，上師的眼睛瞪得似銅鈴，直瞅著俄巴喇嘛，不但如此，他還手結忿怒印，然後聲色俱厲地吼：
「俄頓瓊巴！你爲何替大力這大壞蛋灌頂傳口訣？」
他邊叫著，一面伸手去拿棍子。俄巴喇嘛嚇得渾身顫抖，磕頭如搗蒜，急著向上師說明：
「是您老人家寫信指示我傳法給大力的，而且您又賜給我那諾巴上師的飾物和紅寶石印，我才敢傳法呀！」
上師轉頭以忿怒的威赫印指著心脾俱裂的大力。
「你這混球！那些東西是從哪裡來的？」

「是……是……，師母……。」大力結巴地說不出話來。

這可不得了，上師從座位上彈跳起來，提著木棍去追師母。師母早知情況不妙，她站得遠遠的，一見上師衝向她，立刻拔腿往房裡跑，砰的一聲關緊房門。上師咆哮著用棍子猛力打門，打到他氣喘吁吁，滿身大汗爲止。

「我頓瓊巴！快去把那諾巴上師的飾物和紅寶石印拿回來！」上師的力氣還旺著呢！

俄巴喇嘛慌忙磕頭起身急著要回家拿來上師的東西，師母和大力匆匆到外頭拉住俄巴喇嘛，求他指導收留他們。俄巴喇嘛受了這次教訓，膽子全嚇掉了，怎麼說也不敢碰他們。大力六神無主，心慌意更亂，他拿起隨身小刀向自己喉頭劃去。俄巴喇嘛眼明手快，一把抱住他，淚流不止。

「大力，我的好朋友，一個人在壽命未終的時候卻自斷性命，是有殺佛大罪的，將永世沉入地獄不得輪迴，你可不能做這種愚蠢的事啊！」

❖註釋❖

❶儀軌：記述儀式軌則的通稱，又稱為修行法、念誦法、供養法。

❷續：密宗的經典統稱為「續」。

❸華蓋：在印度或西域，人多持傘遮陽，後來成為莊嚴的佛具，傘上懸佩花鬘、寶珠或寶網。密教也將傘蓋用於修法或灌頂之用。

❹勝幢：表示勝利的旌旗。

❺耳承派：由上師親口傳授口訣，弟子親自耳承，傳法極為祕密，所以叫作耳承派。

11

終獲傳法

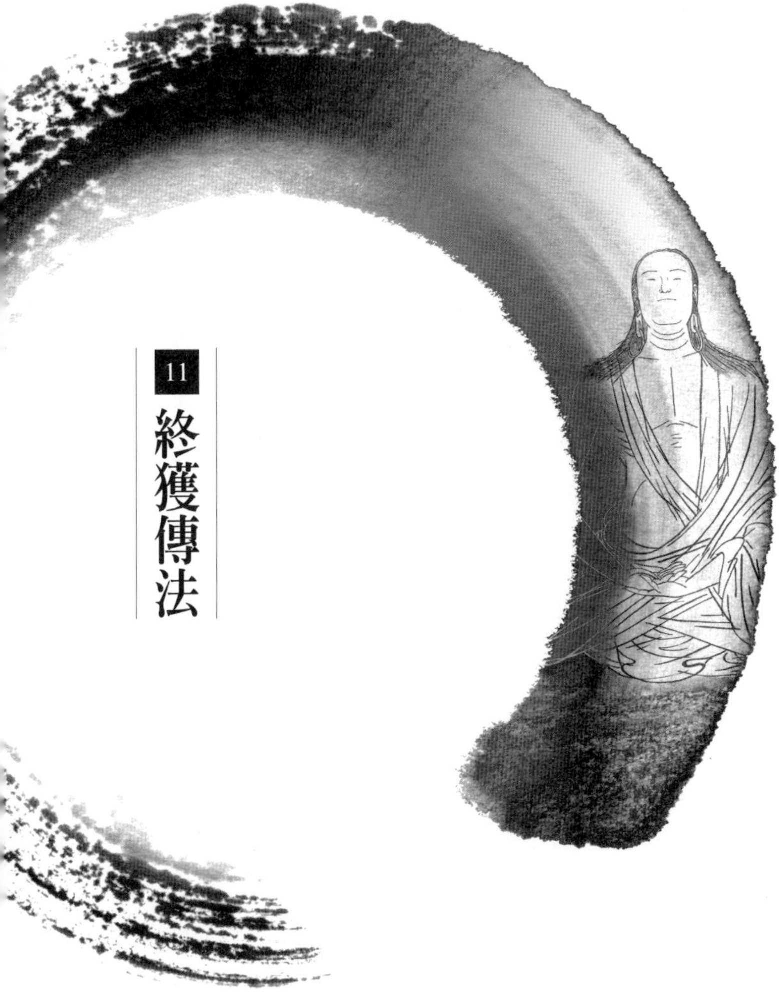

大力要自殺的事傳入上師耳中，他低低嘆了口氣，差人把門外拉扯成一堆的人喊進來。可是，大力怕透了，不敢再面見上師。上師要師母傳話，將會把大力看爲主客，好好款待他。大力迷糊中被人推進屋子裡。上師等大家坐好了，他開口說：

「我爲了清除大力的罪業，故意以苦行折磨他。達媚瑪心腸太軟，做了假信，犯下大錯。俄巴！你先把我上師的東西還我，等以後再給你。這次，因爲俄巴傳了大力口訣也灌了頂，我再也沒辦法給他痛苦，所以大發雷霆。我這個兒子大力，如果能受九次大痛苦、大折磨，他將不再入六道輪迴。現在，因爲達媚瑪的心軟，他還剩一點罪業。不過，雖是如此，他的罪業也在前八次的大苦行，和無數次的小苦行中清淨了。從今起，我要加持他，傳授我最祕密的口訣，提供他修行所需。大力！你現在可以眞歡喜了！」

猶如在夢中的大力一面哭泣著，一面向上師頂禮，大家都爲他歡喜。那天晚上薈供過後，上師爲大家授戒，然後爲大力剃髮淨身，賜給他那諾巴上師爲他取的名字——密勒金剛幢。

第二天清晨，上師正式爲密勒日巴大灌頂，在顯示壇城時，上師指著壇城圖：

「這是用人間顏色畫的，眞正的壇城讓大家看看！」

說著手指虛空，頃刻間，空中出現密宗莊嚴無比的大壇城，空行護法圍繞壇城飛翔，上師和諸佛同時大聲宣告，爲尊者正名爲「喜笑金剛」。

此後，上師天天講解密宗經典，指示尊者如何觀想，和密修的口訣。一天，上師把手放在他頭上，飽含感情地說：

「我的孩子，你來的前一夜，我和師母做了同一個夢，夢見你將有廣大的事業，因爲你是空行母帶給我的弟子，所以，我以耕田的方式迎接你，你把田耕完，把酒喝光，顯示你可修成圓滿大覺的吉兆。」

「後來，你供養我一個有四個柄的銅燈，表示你將成爲我四大弟子之一。銅燈精美，表示你煩惱輕，可很快修成拙火定❶。你的燈是空的，將來會遭受飢餓的痛苦。」

「爲了你後半生和你弟子們的法統得大受用，我裝滿酥酒在空燈裡燃成明

燈；爲了使你有廣大的名聲，我敲銅燈使它發聲；爲了淨除你的罪業，我要你建出合乎密法的房子。」

「我打罵你，把你從法會裡趕走，做出許多不合理的事。可是，你心無邪念，表示你和你的弟子們學道時具足信心、精進、智慧、慈悲，成爲圓滿具足的大上師。兒呀！你要歡喜樂修啊！」

接著，上師替他準備質料上好的衣裳和足夠的食物，領著他到附近一個名「臥虎崖洞」去閉關修定。這時尊者自己規定，燃盞酥油燈在頭頂上，燈不點完，身體不動，也不下座。就這樣日夜不分地勤修禪定，眨眼過了十一個月。

一天，上師和師母帶了薈供的精美食品到洞中看他。在洞口，上師對他如此精進修行感到非常滿意，他要尊者打破封洞的泥牆，出來舒舒筋骨，和上師談談自己的心得。可是，尊者覺得自己正在一個境界裡，忽然中斷太可惜。師母告訴他，既然是上師要他出來，他就儘管出來，總是會有收穫的，尊者這才破了窟門面見上師和師母。

三個人回到寺廟裡，上師爲他傳現觀的儀軌，並且準備一個薈供。在薈供時，上師要尊者說出自己的體悟，尊者含淚跪著先唱了一首供養的歌，然後恭敬地告訴上師：

「我們的身心是由『無明』等十二因緣❷結合而產生的，這人身對有福德、有善根的人是艘無價的寶船，能用來划出生死的苦海。可是，對那些作惡造罪的人，這身體就成了罪惡的根源，帶領人直入地獄。我覺悟了，如何在善、惡分歧的道路做應該有的選擇，運用我的身體，實在是人生最重要的事情了。」

「我也了解，剛學佛的時候應先皈依上師和三寶，然後一步步如法學習，最重要的是，要依靠上師。上師能指導我跳出苦海，上師的訓勉要遵行，更要嚴守戒律，持戒清淨是修法最根本的基礎。」

「世界上的生命太多太多了，我有幸成爲比例稀少的人類。可是，生命很脆弱，誰也不知哪一天會死，我應當寶貴這個人身，珍惜人身，不要任意糟蹋。」

「我也明白，宇宙萬物都是受因果支配，種善因得善果，種惡因得惡果。人會有苦樂、賢愚和貴賤都是三世因果所支配的，一切果報不是永恆不變的！所有的快樂都是暫時的，而人生的痛苦比起快樂，那眞是超出很多。三惡道的痛苦更是不堪忍受，無盡的輪迴令我渴求解脫，決心成佛。」

「除了持戒、守戒外，修行者要學正法，發大慈悲心面對世上眾生，把自己所做的一切善行迴向給一切眾生。有了這樣的大乘心爲根底，才能修習金剛眞言乘❸。」

「從上師得灌頂、修觀想，思考何處是我？證悟人人無我的道理，以無我、無偏私的想法來修正定，才可以在修正定時，不胡思亂想、不偷懶、不打瞌睡。漸漸的，心性就明朗了。可是，不能停留在這種美好的感受裡，我們還要專心修持，直到證得初地菩薩的境界才能有眞正美好、清朗的感受。」

「肚子餓的人知道食物可以解飢，但是，你不去吃，又有何用？我們光知道空性的道理，有什麼用？要自己去證悟無我的空性才行。瑜伽行者所觀想出來的空性，正是那無法以言語表達、沒有分別心，本來就平等、沒有染汙、沒有增減的密宗見解。」

「上師！弟子爲了達到這種成就，一定要忍受疲勞、飢苦，拋棄世間一切俗事，不怕死、無罣礙、精進修持。我密勒日巴沒有任何物質、錢財的供養，只能在我一生中以修行和成就來供養上師。」

尊者說完又唱了一首歌，簡要地表達心意。上師、師母聽完高興極了，知道尊者智慧大增，他們又指導許多修行的方法，再送他回洞窟繼續修行。

一夜，尊者做了個夢，夢見一位穿綠色衣裳的年輕女子。她身著閃亮的衣服，配戴莊嚴的飾品，眉間和腰上有鮮黃的寶石裝飾。她告訴尊者，雖然尊者得了成佛的大手印❹口訣，以及密宗六種成就的方法，可是，能在一瞬間成佛的「奪舍」法口訣，他卻沒學到。這奪舍法是已修得身心自在的人，依口訣修持，可以將自己的神識轉入他人或已死、將死之人的體中，所以才稱爲奪舍。

尊者想，假如這是空行母授意，他一定要學到奪舍法口訣，於是打破窟門，來到上師前，仔細說明緣由。上師沉默片刻後，確定尊者眞是得了空行母的授記❺，上師憶起以前那諾巴上師曾要傳此法給他帶回西藏。可惜，師徒兩

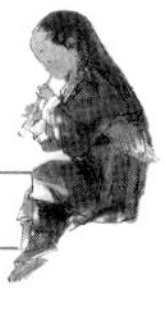

人找了半天，遷移法❻的書倒有不少，而奪舍法的書始終沒見著。

師父告訴弟子，前幾天自己在衛地北方做法會時，也有夢兆要他求奪舍法；另外，自己有些口訣不太明白，所以當下決定親自到印度再見那諾巴上師求法。

馬爾巴上師拖著肥胖的身軀，長途跋涉才找到那諾巴上師，要求奪舍法。那諾巴上師很好奇地問馬爾巴，想求奪舍法，是何因緣？馬爾巴告訴上師，是因弟子密勒日巴得了空行母授記而來的。那諾巴上師驚奇地大呼，稀有難得！立即合掌向北方西藏俯首頂禮，當地的山林也一同向北方屈身點頭，使得那一帶的樹林都向著北方長了。

那諾巴上師傳奪舍法，他先示現虛空中的壇城，馬爾巴上師先向壇城本尊敬禮，卻不是先向上師敬禮。那諾巴上師立刻預知，馬爾巴的傳承將不能久遠，但是，他教派的理論和實踐方法將恆久住世。

馬爾巴上師回西藏不久，他兒子卻逝世了。在兒子去世一週年的紀念會上，弟子們請馬爾巴上師指示他們弘法度生的事業將如何？並請上師爲他們授記。

「你們回去祈個夢，明早把夢的內容告訴我吧！」

第二天，弟子們各自說了夢境內容，可是都不能和上師的授記吻合。尊者就到上師面前，把自己夢到四根大柱子的經過稟告上師。他夢中，在東、西、南、北四方，各有雄獅、大鵬鳥、猛虎、靈鷲等，在柱頂展現雄威，使天地震動。

上師聽了非常高興，立刻要師母達媚瑪準備最好的薈供，然後召集所有大徒弟一同共修，上師爲大家解夢。

「密勒金剛幢的夢境實在不簡單，現在，我爲你們解釋一下。」他欣然以一首歌來釋夢，內容大約是如此的：

東方的大柱子示現雄獅，指的是弟子錯頓綱崖，南方猛虎是雍境俄頓去朵，西方大鵬是米頓寸波，北方靈鷲是密勒日巴，這四大弟子將來都有極大的成就。

馬爾巴上師解完夢，大家都很快樂。於是，上師積極地傳法給這四位大弟

子，白天說法，晚上讓弟子修行，大家頓時獲得無比的智慧和能量。後來上師再仔細觀察四大弟子會用什麼法門來度眾生，密勒日巴尊者將以拙火定成就法來度眾，上師送他梅紀巴尊者的帽子和那諾巴大師的衣服，囑他應在雪山峻嶺間修行，最後他終於修成正法。

＊　＊　＊

「大家有機會能修行是十分可貴的事。看看密勒日巴尊者，吃了那麼多苦，才得以親近正法，你們比他幸運多了，要好好修行啊！」師父語重心長地告誡大家。

斗室裡靜極了，一聲輕咳，大家驀地回到現實，只見大心法師依舊盤腿坐在前面，他臉上掛著輕快的笑容。

「恭喜，你們打坐的時間已經超過所有的同學了！」

打坐？不！密勒巴尊者呢？

「鬆鬆筋骨，師父等著見你們！」大心法師輕搓全身關節，然後緩緩站起來。

「師父？剛才師父還在這裡跟我們一同去見密勒日巴尊者呢！」淨勇轉頭四下張望。

「跟我到大殿去吧！」

四個人再度進入大殿，此刻，卻聽見師父正跟小沙彌們述說密勒日巴尊者進入涅槃的情形。師父望望他們，嘴角微微向上彎了彎……。

炎陽已沒入山坳中，小沙彌們魚貫出了大殿，一抹紅霞在天際拉出一道十分鮮明的分界線，下邊色如黑墨，然而上邊則清朗、光明。三個孩子不覺停下腳步，凝神注視，這片刻，在他們心中已有所領悟了。

❖註釋❖

❶拙火定：藏傳佛教噶舉派修心、氣合一的方法，能把個人的習氣轉變成智慧和光明。

❷十二因緣：說明眾生輪迴六道之次第因緣，即無明、行、識、名色、六處、觸、受、愛、取、有、生、老死。

❸金剛真言乘：大乘分顯教和密教二宗，而密教的修行者常口持密咒（真言），所以又稱為真言乘。

❹大手印：是藏傳佛教噶舉派修行的最高法門，能讓修行者覺悟。

❺授記：佛說法的一種形式。專指佛陀對修行中的弟子，預言將來成佛的時間、地點及名號等。

❻遷移法：能將自己或他人的神識遷移至西方淨土的一種法門。

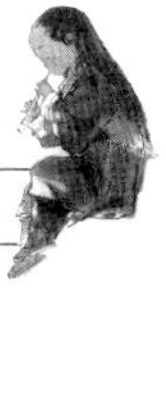

佛學視窗

- 時代背景
- 西藏佛教
- 名詞解釋
- 密勒日巴尊者年表

時代背景

密勒日巴尊者（西元一〇五二～一一三五年）是西藏佛教噶舉派的傳人，他一生曲折傳奇的故事，如同一首動人的詩歌。他秉持信念、刻苦自勵、精進苦行、注重實踐，成就非凡。他更將佛法以詩歌的方式，傳誦四方，以親切、平易的身教，度化眾生無數。

密勒日巴尊者的出生地——西藏，一個充滿神祕色彩的地方，它的民族、宗教均是那麼地具有地方色彩，也讓人好奇地想一窺究竟。

世界屋脊——西藏

西藏是世界第一高原，平均高度海拔四千八百公尺，低窪處及河流，其海拔亦在三千六百至四千五百公尺之間，故有世界屋脊之稱。西藏全境，層巒聳峙，在雪線以上的高峰，數以百計，亙古積雪不化，映入眼簾，因此又有雪國之稱。

西藏近於新疆北端的帕米爾高原，北枕崑崙山脈，南接喜馬拉雅山脈，中貫岡底斯山脈，又有唐古拉山脈東走青海與西康。可說西藏是由幾座世界最大的山脈連結起來的。再看西藏周圍的環境，北方與新疆接壤，東方與青海、西康毗連，南方與印度、不丹、錫金、尼泊爾緊臨，西方乃有喀什米爾、巴基斯坦等國，位居亞洲的中心。

西藏人分爲藏巴、康巴、安多三大族類。藏巴是居於西藏本土的人，也就是雅魯藏布江河谷的農民及北部牧人的名稱。康巴，指西康人，是藏語「喀木」的音譯，字義爲「邊地」，以拉薩爲中心的邊陲地帶。其主要分布於西康，包括現今四川、青海、雲南等地。安多，是「阿木多」的音譯，原爲蒙古對藏人的通稱，後爲甘肅、青海、四川地區藏人的專區。

西藏的宗教基礎

根據西藏人的傳說，他們的祖先是觀音菩薩化身的猴子，他攀越過喜馬拉雅山，於雅魯藏布江畔，跟一個女魔結了婚，住在孜唐深山中的山洞裡，世代連綿，他們的後代便是西藏人。因此，藏人將其古代的名王以及現在世世轉生的達賴，都視為觀世音菩薩的化身。觀音菩薩本住在印度南方的普陀洛迦山，故將他們的政教中心名為布達拉宮，即是普陀洛迦的轉音。他們以為西藏是一朵蓮花，布達拉宮即是蓮花中的蓮台，住的就是觀音的化身。

從這傳說看來，會以為西藏老早就是佛化地區了。其實不然，這個傳說的出現，是在佛教盛行之後，最早不出隋唐以前。這是在佛教輸入西藏之後，西藏以印度文化為主流的時代才有的觀念。因為這個聖猴的故事，是發源於印度史詩《羅摩所行傳》。

藏人的原始信仰稱為苯教，「苯」（Bon）是蒙古語巫師的意思。苯教乃是薩滿教的一支（西伯利亞人稱巫為薩滿），是西亞及東北的游牧民族的共同信仰，為一種原始宗教「巫」的信仰。在佛教初盛於西藏不久，由於苯教徒的嫉妒，發生信仰苯教的朗達瑪王毀滅佛教（西元八四三年）。

後來佛教復興，苯教歸化於佛教，以佛教充實苯教，便成為黑教；佛教同時也吸收了苯教的成分，降神的佛事成了喇嘛教的特色。這種情形類似印度的

密教，將印度教的神攝爲佛教的護法，而西藏的喇嘛教，則將苯教的神攝入於佛教中。

西藏佛教

西藏佛教史的分期，一般均以朗達瑪王的法難爲分界，法難之前稱爲前弘期，法難之後稱爲後弘期。西藏佛教的傳入初期，雖有從印度移入及中國移入的兩系，但在未久之後，中國系統即從西藏退出，唯印度系統一枝獨秀。

中國佛教與西藏佛教雖均傳自印度的佛教，由於傳入的時間不同，亦各具特色。中國系統是以印度中期大乘爲中心的大乘顯教，西藏系統則是以晚期大乘爲主的大乘密教。

西藏佛教的傳入

根據傳說，早在西元前三一三年，相當於中國周赧王二年時，有一位中印度王子名為士夫地，因戰敗東走雪山，到達西藏邊境。先後遇到西藏的有德之士十二人，問他來自何處？他僅以手指天。又見他的相貌舉止與眾不同，以為天神下降，立刻擁他為藏王，號聶赤贊普，成為印度王統之始。同時，這位藏王在卡伊蘭山之麓建立佛寺，從事佛陀教義的闡揚，所以也成了西藏佛教的開始。

但較確實的記載，則是第三十二代棄宗弄贊（松贊干布）藏王，於西元六四一年（相當於唐貞觀十五年）娶文成公主，及尼泊爾公主波利庫姬。兩位公主下嫁，各自從他們的國家帶來佛像、經論、法物以及僧尼。由於兩位外國公主給西藏帶進佛法，故在西藏史上，以為她倆是觀音化身。棄宗弄贊王死後，也被敬仰為觀音菩薩。

藏人為了禮敬三寶，建造了十多座寺院，首先以拉薩為中心，建立布達拉宮，又為兩妃各建一寺。文成公主的大昭寺供奉釋迦佛像，尼泊爾公主的小昭寺供奉阿閦佛像。

佛教傳入西藏，也吸收、融合了當地教派的一些教義、神祇和宗教儀式，因而形成了具有濃厚西藏地方色彩的藏傳佛教，主要流行於中國藏族、蒙古族、土族、裕固族等少數民族地區，俗稱喇嘛教。到西元八世紀時，藏王延請印度的寂護及蓮花生大師入藏，大力傳揚佛教，對西藏佛教的發展貢獻良多。

西元八四一年時，朗達瑪贊普即位，是一位苯教徒，對三寶展開殘酷的大迫害。他禁止翻譯、焚毀經典，破壞佛寺佛像、勒令僧侶還俗等，幾乎使多年來所培養的佛教基業毀於一旦，全藏陷入黑暗時代，約百年之久。在此一階段，西藏民間幾乎已將佛教遺忘，直到宋朝初年，佛教才又漸漸復興起來，開始有人往西康出家學法，然後回西藏重整僧伽、弘揚佛教，這重新整頓的佛教，被稱爲「後弘期西藏佛教」。

後弘期西藏佛教

後弘期佛教復興的偉業，到了阿底峽大師入藏時，達到顚峰。

阿底峽是由智光王及其王嗣菩提光的延請而來到西藏，入藏的時間說法不一，大約是在西元一〇三八年前後。他在藏土十七年，巡化藏土各地時，德行所感，上下皈依，挽救頹風，樹立新範，西藏佛教的面目，爲之煥然一變。

阿底峽大師留下的著作頗多，現存西藏《大藏經》中的有三十多種，其中以《菩提道燈論》爲其代表作，抉擇顯密之大要，辨別邪正的界線，努力宣揚顯密貫通及觀行並重的大乘佛法。西藏所傳密典，以及中觀派論籍，也因阿底峽入藏而完成譯事，並且臻於完備。

至此，印度佛教之輸入西藏，到阿底峽時代始竟全功，在此之後，印度佛教日趨衰亡，西藏佛教則隆盛一時。故在阿底峽以後的西藏佛教，即由輸入階段進步到自行發展的境域，因而出現了許多派別，此乃發展時期的必然現象。

西藏佛教的宗派

在朗達瑪王滅佛前後，西藏佛教尚未分派，自阿底峽到了西藏，始有派別出現。這是因爲西藏佛教不斷發展，各種顯密經典都已先後譯成藏文，佛教各種思想都被介紹過來，佛教中原有各種不同派別的教義、思想也都傳入西藏，無可否認這必然會影響西藏佛教的發展。西藏佛教逐步形成寧瑪派、噶當派、噶舉派、薩迦派、格魯派等許多派別。

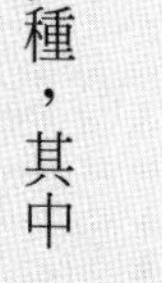

這些教派不只影響了西藏地區的民間信仰和生活方式，還對當地的政治有很大的左右力量。大約在十三世紀以後，上層喇嘛逐步掌握西藏地方政權，經過不斷發展，最後形成西藏地區獨特的政教合一的藏傳佛教。

●寧瑪派（紅教）

寧瑪派又稱爲古舊派或大究竟派，是藏傳佛教中歷史最悠久的一派（西元八世紀）。是由前弘期蓮華生大師的密乘，加上後弘期密乘新派，合而爲一的通稱。這是密教與苯教混合的佛教，並不重視戒律而專持密咒，以無上瑜伽爲其究竟。因該派僧人均戴紅帽，故亦被稱爲「紅教」。

●噶當派

噶當派是後弘期出現最早的一派，十一世紀初葉，由阿底峽的弟子仲敦巴所創。「噶當」意爲「一切聖教皆資教誡」，此派以阿底峽的《菩提道燈論》爲基礎，強調僧人必須循序漸進地修行，他們認爲顯教與密教是相通的，但密教更有特殊的功能。十五世紀時，宗喀巴在噶當派的基礎上創立格魯派，噶當派所建的寺院都歸入格魯派，噶當派就逐漸式微了。

●噶舉派（白教）

噶舉派是十一世紀形成的教派，創始人爲馬爾巴譯師，以著重密法，並以心口相傳爲特色。由於多穿白色僧服，故有「白教」之稱。馬爾巴譯師是在家人，雖然有妻有子、喝酒吃肉，但是是爲了方便度眾生，以在家人的身分而常修梵行。他所傳出的弟子，多半也是在家人，嫡傳弟子爲密勒日巴。噶舉派發展出的派系相當多，最初有香巴噶舉和達巴噶舉兩大派，後又有許多分支，分布面廣，對西藏政治、經濟有重大的影響。

●薩迦派（花教）

薩迦派爲十一世紀中葉的袞曲迦保譯師（西元一〇三三年生，南宋眞宗明道二年）所創。他先受學顯密諸典，然後在後藏薩迦地方建立薩迦寺，聚徒講學，故稱薩迦派。此派寺院圍牆上塗有紅、白、藍三色條紋，俗稱「花教」。其第五代祖師八思巴曾任元世祖忽必烈的國師，擁有管理西藏的大權，西藏喇嘛也因而隨元朝的勢力到中國內地。十四世紀中葉以後，元朝國勢衰頹，薩迦派在政治上失去依靠，勢力才減弱。

●格魯派（黃教）

格魯派是最後興起的一個大教派，於十五世紀初（明初）宗喀巴所創。當他提倡宗教改革之際，爲了有別於舊派，將衣帽染成黃色，所以稱爲「黃教」。格魯派在發展過程中廣泛採用「活佛轉世」制度，逐步形成達賴、班禪兩大活佛世系。後來在滿清朝廷的支持下，格魯派成爲西藏地方的執政教派，此派勢力強大且寺院眾多，盛極一時。目前流亡在外的達賴喇嘛，以前就駐紮在拉薩的布達拉宮和羅布林卡，至今在西藏還是有很大的影響力。

除此之外，西藏佛教還有一些小的派別，不過這些教派的規模和影響力都不如上述諸派，因此目前藏傳佛教大致是以寧瑪、噶當、噶舉、薩迦、格魯爲主流。

西藏佛教噶舉派傳承

噶舉派的「噶」指釋迦佛眞言之意，「舉」是傳授的意思，「噶舉」表示由師長親口傳授聖語的意思。此派在馬爾巴譯師開創後，逐漸發展成藏傳佛教中支派最多的一個派別。

馬爾巴譯師（西元一〇一二～一〇九七年）出生於西藏南部靠近不丹的羅布地方，曾三遊印度，師承那諾巴上師等，得承密乘直傳。他精習瑜伽密的「密集」，和無上瑜伽密中「喜金剛法」、「四吉祥座法」、「大神變母法」，尤其對空智、解脫合一的「大手印法」，最能洞其奧蘊。學成後，回西藏弘法，並在西藏成名。晚年時，爲了求「奪舍法」又赴印度，拜見那諾巴上師。在前往印度的途中遇阿底峽尊者，受益於阿底峽，並向各大論師廣學密法。

馬爾巴譯師的弟子非常多，其中以密勒日巴爲嫡傳。密勒日巴的弟子也非常多，據說得大成就者有二十五人，此派也在弟子達保哈解（西元一〇七七～一一五二年）手中集大成，思想上以中觀爲解釋的根據。此後，此派的流布漸廣，傳習的觀法次第差殊，又分成九小派。

（以上資料摘錄整理自聖嚴法師所著《世界佛教通史（上）》中的〈西藏佛教史〉）

密勒日巴

名詞解釋

●勝樂金剛

又叫做上樂金剛，是藏密的本尊之一。拉薩下密院修無上瑜伽密的行者，一定以勝樂金剛爲自己的本尊。勝樂金剛像有四個頭臉，分別爲白、黃、紅、藍四色。每張臉有三隻眼睛，共有十二隻手臂，主臂擁抱金剛亥母。一雙腿，右腳踏著一個伏頭趴身的恐怖男性，左腳踩著一名仰面躺著的女性。勝樂金剛像是裸身的，藏密噶舉派以此金剛爲修行的本尊，是極殊勝的一種法門。

●密集金剛

又可稱爲集密金剛或密聚金剛，也是密宗本尊。像爲三頭面，每面上有三隻眼睛，六隻手臂，也擁抱一位六隻手臂的明妃（密宗的女性修行者，具有懷柔之功德），全身爲深藍色，是坐的姿態。

●金剛亥母

是密宗本尊之一。頭現豬的形狀，身體則爲女性人身，是勝樂金剛的明妃。她的身體顏色有的爲紅色，有的爲黃色，具有八隻手臂，六隻手上拿著各種法器，有一雙手空無一物，是噶舉派的主要本尊。

●喜金剛

又名飲血金剛，由明王與明妃兩尊像合抱，都坐在蓮花座上。明王（密宗的男性修行者，爲攝召眾生而顯現忿怒的形像）是八個面，十六隻手臂，主臂抱的明妃是金剛無我佛母，其他的手都托著頭蓋骨做成的法器嘎巴拉。法器內盛放的物品是這樣的：右手有白象、青鹿、青驢、紅牛、灰駝、紅人、青獅、赤貓，而左手則是黃天地、白水神、紅火神、青風神、白日天、青獄帝、黃財神。

他的腰際掛骷髏，腳踏兩個仰臥的人，這造型表現出明王的威盛勇猛。明妃是一張面孔，一雙臂，右手拿彎曲的利刀，左手托著嘎巴拉法器，頭上戴著五個骷髏做的頭冠，頸上掛著五十個骷髏串成的項鍊，這五十個骷髏象徵梵文的五十個字母。

密勒日巴尊者年表

中國紀元	西元	年齡	密勒日巴尊者記事	相關大事
宋仁宗 皇祐四年	1052	1	誕生於貢通，俗名密勒聞喜。父密勒蔣采，母白莊嚴母，家境極富裕。	
至和二年	1055	4	妹琵達出生。	西藏高僧寶賢譯師過世。
嘉祐三年	1058	7	父親過世，財產爲堂伯、姑媽們據爲己有。	
宋英宗 治平三年	1066	15	索回財產未果，母親送聞喜學咒術復仇。	
治平四年	1067	16	向雍同多甲喇嘛學密咒誅法。	

宋神宗熙寧元年	1068	17	雍同多甲傳授密勒日巴殺法和誅法。	宋神宗時，因荒年開始徵收度牒費。
熙寧二年	1069	18	學成降雹法，殺死仇人三十五人，並毀壞農作物。	王安石變法。高麗僧義天從高麗帶回《華嚴經》的章疏，大大幫助華嚴宗的復興。
熙寧三年	1070	19	領悟到再高明的咒術也不能使人起死回生，而深悔罪障，欲尋求正法。	
熙寧五年	1072	21	向雍登喇嘛求授今生今世即可解脫輪迴的法門，可惜不能相契。雍登推薦密勒日巴依止馬爾巴上師學法。	
熙寧七年	1074	23	投馬爾巴上師門下，上師以苦行鍛鍊他。	

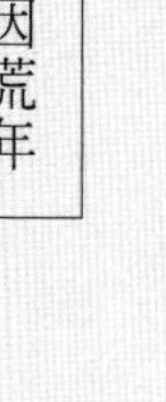

宋神宗 元豐四年	1081	30	經八大苦行和無數小苦行，終獲上師賜修密的口訣。	
元豐五年	1082	31	獨自在臥虎崖洞修行、靜坐，歷時四年。	
元豐八年	1085	33	馬爾巴上師赴印度，向那諾巴上師求授「奪舍法」，返藏傳授密勒日巴。	司馬光爲相。
宋哲宗 元祐元年	1086	34	馬爾巴上師授拙火成就法。至白崖馬齒窟閉關修行，前後約十二年，並且隨機教化牧羊人。	
紹聖二年	1095	44	返回家鄉探視親人，無奈母死妹行乞。	

紹聖三年	1096	45	深悟世事如幻、聚散無常，入雪山峻嶺間修行。	宋徽宗篤信道教，命佛、道教合流，改寺院爲道觀。佛號、僧尼名稱道教化，予佛教很大打擊，所幸不久即恢復原狀。
紹聖四年	1097	46	尊者降伏外道，先後完成《十萬歌集》等詩歌，傳誦後世。	馬爾巴上師過世。
宋徽宗 政和五年	1115	65		女眞阿骨打稱帝，國號金。
宋高宗 建炎元年	1127	77		金兵擄徽宗、欽宗二帝，史稱靖康之難。 高宗即位於南京。

宋高宗紹興五年	1135	84	十二月二十四日圓寂。	日僧覺阿、金慶入宋，參靈隱寺慧遠禪師。歸國談禪，引起日本佛教界極大的注意。

國家圖書館出版品預行編目資料

神祕苦行僧：密勒日巴 / 劉台痕著；劉建志繪. -- 二版. -- 臺北市：法鼓文化, 2009.04

面； 公分.

ISBN 978-957-598-461-8(平裝)

857.7　　98002819

高僧小說系列精選 2

神祕苦行僧

——密勒日巴

著者／劉台痕
繪者／劉建志
出版／法鼓文化
總監／釋果賢
總編輯／陳重光
編輯／李金瑛、李書儀
佛學視窗／林怡君
封面設計／兩隻老虎廣告設計有限公司
內頁美編／連紫吟、曹任華
地址／臺北市北投區公館路186號5樓
電話／(02)2893-4646　傳真／(02)2896-0731
網址／http://www.ddc.com.tw
E-mail／market@ddc.com.tw
讀者服務專線／(02)2896-1600
初版一刷／1996年2月
二版四刷／2018年12月
建議售價／新臺幣190元
郵撥帳號／50013371
戶名／財團法人法鼓山文教基金會—法鼓文化
北美經銷處／紐約東初禪寺
Chan Meditation Center (New York, U.S.A.)
Tel／(718)592-6593　Fax／(718)592-0717

法鼓文化